Sigrid Früh
Roland Kübler

Feuerblume

Märchen von Liebe, Lust und Leidenschaft

Sigrid Früh, geb. 1935, studierte Germanistik und Volkskunde in Tübingen und Zürich. Sie hält Seminare und Vorträge über Märchen, ist Märchenerzählerin in den verschiedensten Institutionen und eine der bekanntesten Märchenforscherinnen Deutschlands. Zahlreiche Veröffentlichungen in verschiedenen Verlagen.

Roland Kübler, geb. 1953, lebt und arbeitet als freier Schriftsteller im Remstal bei Stuttgart. Er ist einer der erfolgreichsten deutschsprachigen Märchenautoren. Viele seiner Bücher sind im Stendel Verlag erschienen.

Dr. Martin Bauschke, geb. 1962, ist Diplomtheologe und wohnt in Berlin. Er hat seine Dissertation über den christlich-islamischen Dialog geschrieben. Seit Jahren hält er leidenschaftlich gerne Märchenpredigten, in denen er die Weisheit des Lebens (Volksmärchen) und die Weisheit des Glaubens (Bibel) miteinander in Verbindung bringt.

Claus-Peter Lieckfeld, geb. 1948, war von 1981 bis 1988 als Redakteur bei der Zeitschrift „natur" tätig. Er textete für „Scheibenwischer", „Kom(m)ödchen" und die „Lach- und Schießgesellschaft". Er lebt als freier Journalist und Autor in Windach am Ammersee.

Folke Tegetthoff, geb. 1954, lebt mit seiner Familie in einem ehemaligen Kloster in der Südsteiermark. In über zwei Dutzend Büchern, 8 TV-Filmen und 3500 Gastspielen in 35 Ländern, hat er sich als Märchenerzähler profiliert.

Jürgen Werner, geb. 1963, lebt als freier Schriftsteller im Remstal bei Stuttgart. Mitautor bei den Märchenbüchern „Traumfeuer" und „Traumsegel".

Der Illustrator:
Peter Tannrath, geb. 1959, arbeitet als freier Maler und Illustrator in Stuttgart.

Was es ist

Es ist Unsinn
sagt die Vernunft
Es ist was es ist
sagt die Liebe

Es ist Unglück
sagt die Berechnung
Es ist nichts als Schmerz
sagt die Angst
Es ist aussichtslos
sagt die Einsicht
Es ist was es ist
sagt die Liebe

Es ist lächerlich
sagt der Stolz
Es ist leichtsinnig
sagt die Vorsicht
Es ist unmöglich
sagt die Erfahrung
Es ist was es ist
sagt die Liebe

(Erich Fried)

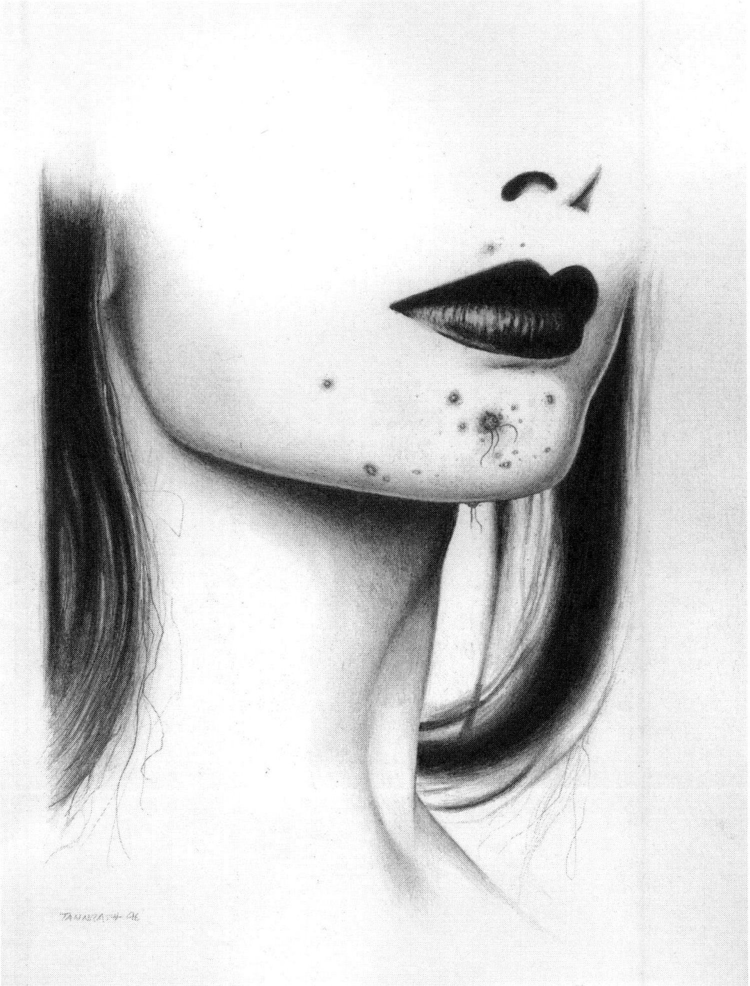

Roland Kübler

Was den Frauen das Allerliebste ist

An einem wunderschönen Morgen im Spätherbst beschlossen die Ritter der Tafelrunde, gemeinsam mit König Artus auf die Jagd zu gehen. Schon bald stürmten sie, nur mit Pfeil und Bogen, Speer und Jagdmesser bewaffnet, durch die Wälder um Camelot. Die begeisterten Rufe der Männer zerrissen die Stille zwischen den Bäumen, die sich auf den Winter vorbereiteten. Erschreckt flüchteten die Vögel, die Hasen und Wildschweine. Als König Artus eine Hirschkuh aufstöberte, die mit langen Sprüngen davonhetzte, gab es für ihn kein Halten mehr. In rasender Jagd stürmte er auf seinem Pferd durch das dichteste Gebüsch hinter der fliehenden Hirschkuh her. Schon bald hatte er sich von seinen Rittern entfernt, und nur von weitem konnte er manchmal noch den hellen Klang eines Jagdhorns hören. Auf einer Lichtung, nahe einer klaren Quelle, schleuderte Artus seinen Speer und erlegte die Hirschkuh. Voller Freude sprang er vom Pferd, um die erlegte Beute auszuweiden. Doch da bemerkte er, wie ein gerüsteter und bewaffneter Ritter auf ihn zuritt. Hastig suchte Artus auf dem Schild des Ritters nach irgendwelchen Zeichen, welche ihm die Herkunft des Reiters verraten konnten. Aber er fand keine. Der Schild des Ritters war nachtschwarz, ebenso seine Rüstung und sein Pferd.
Als der Fremde näherkam, bemerkte Artus, daß das Gesicht unter dem offenen Visier keineswegs freundlich blickte. Mit einem scharfen Ruck am Zügel, parierte der Ritter sein Pferd vor Artus. Dann lachte er böse. „Heute ist wirklich ein Freudentag für mich. Bereitet Euch vor zu sterben, König Artus, Eure Tage sind gezählt!“
Erschrocken wich Artus zurück. Er forschte in seinem Gedächtnis,

aber der Ritter war ihm fremd. „Wer seid Ihr?“ stieß er hervor und umklammerte sein Jagdmesser.
„Mein Name ist Gromer Somer Joure“, antwortete der Ritter, „und vor Jahren habt Ihr mir meine Ländereien genommen, weil ich mich Euch nicht unterwerfen wollte. Heute ist der Tag der Rache.“ Damit zog er sein Schwert und wollte auf Artus einschlagen.
„Es war wohl richtig von mir, Euch die Ländereien wegzunehmen“, schrie Artus erbost, „denn kein Ritter meines Landes würde in voller Rüstung mit einem Manne kämpfen, der nur in leichter Jagdkleidung, einzig mit einem Messer bewaffnet, vor ihm steht.“
Gromer hielt inne und überlegte. „Ihr habt recht, König Artus. Niemand soll mir nachsagen können, ich hätte Euch ermordet, und so werde ich Euch die Möglichkeit geben, Euer Leben zu retten. Schwört mir bei Eurer Ehre, daß Ihr heute in einem Jahr wieder hier zu dieser Quelle kommt, allein und unbewaffnet. Falls Ihr die Aufgabe erfüllt, die ich Euch gebe, werde ich Euer Leben schonen. Falls nicht, werdet Ihr durch meine Hand sterben.“
Da Artus keine Möglichkeit sah, dem schrecklichen Ritter auf andere Weise zu entkommen, willigte er ein und fragte nach der Aufgabe.
„Ihr sollt mir die Antwort auf die Frage bringen, was den Frauen das Allerliebste auf der Welt ist“, knurrte Gromer, und dann trieb er sein Pferd schon wieder auf den dichten Wald zu. Sein siegessicheres Lachen dröhnte in Artus´ Ohren. „Es gibt eine Antwort“, schrie der Ritter, „aber Ihr werdet sie nicht finden! Gehabt Euch wohl und vergeßt nicht, heute in einem Jahr werde ich auf Euch warten!“
Niedergeschlagen kehrte Artus zu seinem Gefolge zurück und berichtete den Rittern, was er erlebt hatte. Diese versuchten ihn aufzumuntern, doch erst als sein Neffe Gawein vorschlug, sich auf die Suche nach der richtigen Antwort zu machen, hellte sich das Gesicht des Königs ein wenig auf.
So verabredeten Artus und Gawein, daß sie ausreiten wollten, um überall im Lande Männer und Frauen, alte und junge, um Antwort

auf diese Frage zu bitten. Diese Antworten sollten in einem großen Buch aufgeschrieben werden, und damit wollte Artus dann zu seinem Treffen mit Ritter Gromer Somer Joure reiten.

Das ganze Jahr zogen Gawein und König Artus durch die Ländereien und sammelten die Antworten in dem großen Buch, das sie immer bei sich führten.

Schöne Kleider wünschten sich die Frauen, einen treuen, tugendhaften Mann, gesunde Kinder, immerwährende Schönheit, ein größeres Haus, den Mann der Nachbarin, ein langes Leben, Lob für ihre Lieblichkeit und vieles, vieles mehr. Jeden Abend las Artus die Antworten nochmals durch. Ihm wurde im Herzen bang, denn er konnte nicht glauben, daß sich irgendwo darin die Antwort verbarg, die Gromer Somer Joure zufriedenstellen würde.

Als Gawein und König Artus wieder am Hofe zu Camelot eintrafen, schritt Artus oft ruhelos durch seine Gemächer. „Was ist den Frauen das Allerliebste auf der Welt?" Immerzu zermarterte ihm diese Frage das Gehirn. Schließlich hielt er es nicht mehr aus. Eine Woche vor dem vereinbarten Tag ritt er alleine los. Er wollte nochmals versuchen, neue Antworten zu finden.

Im dunklen Wald von Inglerwood, nachdem er schon lange keine Menschenseele mehr gesehen oder gehört hatte, traf er die häßlichste alte Hexe, die jemals ein Mensch erblickt hatte. Ihr rotes, aufgequollenes Gesicht wurde von einer triefenden Nase beherrscht. Die gelben Zähne standen wie Wildschweinhauer vor. Um ihren breiten, sabbernden Mund sprossen einige lange, borstige Haare. Sie hatte einen dicken Hals und unförmige Brüste. Und dabei saß sie doch auf einem reich aufgezäumten, edlen Pferd.

Obwohl Artus noch nie eine abstoßendere Frau gesehen hatte, hielt er höflich sein Pferd an, trieb es ein wenig zur Seite und grüßte die Frau ritterlich.

Ohne Umschweife begann die Alte zu sprechen: „Keine der Antworten Eures Buches, König Artus, wird Euch vor dem Tode bewah-

ren. Denn sie sind alle falsch. Wenn ich Euch nicht helfe, werdet Ihr bald überhaupt keine Hilfe mehr nötig haben!"
Verzweifelt wandte sich Artus an das häßliche Weib: „Dann sagt mir die Antwort. Wenn Ihr mir helfen könnt, helft mir! Ihr werdet es bestimmt nicht bereuen!"
„Einen Wunsch müßt Ihr mir erfüllen, König Artus", fuhr die Frau fort, „dann werde ich Euch retten."
„Sagt, was Ihr begehrt."
„Ihr müßt mir einen Eurer Ritter zum Manne geben, und zwar Herrn Gawein", forderte das Weib und lachte dabei aus vollem Hals, daß ihr schlechter Atem Artus ins Gesicht schlug.
Angewidert sah dieser zur Seite. „Das kann ich nicht", murmelte er. „Ich kann Gawein nicht zwingen, Euch zu ehelichen, und das würde ich auch niemals tun."
„Ihr sollt ihn nicht zwingen, König Artus. Reitet zurück zum Schloß und berichtet ihm von meiner Forderung. Falls meine Antwort Euch nicht das Leben rettet, werdet Ihr mich nie wiedersehen, und auch Gawein wird nichts mehr von mir hören. Berichtet ihm alles von mir. Ich bin zwar häßlich und mißgestaltet, doch habe ich eine fröhliche Natur und ein sanftes Gemüt. Morgen will ich hier an dieser Stelle wieder auf Euch und eine Antwort warten."
Schweren Herzens und voll düsterer Vorahnungen ritt Artus zurück zum Schloß. Dort ließ er seinen Neffen Gawein zu sich in eine stille Kammer des Schlosses holen und berichtete ihm von seiner Begegnung. Er verschwieg nichts von der Häßlichkeit des Weibes, manchmal übertrieb er sogar noch ein wenig.
Ohne zu zögern sagte Gawein, als Artus seinen Bericht beendet hatte und schwieg: „Lieber würde ich sterben, Artus, als Euch tot zu sehen. Reitet morgen zu der Frau und richtet ihr aus, daß ich sie ehelichen werde, wenn ihre Antwort Euch vor Ritter Gromer rettet."
Gerührt bedankte sich Artus: „Ihr seid wirklich der edelste Ritter des Landes. Und doch, ich weiß nicht, ob ich Euch dies zumuten kann!"

„Ich würde die Frau selbst dann heiraten, wenn sie häßlicher wäre als der Leibhaftige, um Euch zu retten“, schwor Gawein und ließ keine Einwände mehr gelten.
Am nächsten Morgen ritt der König wieder alleine in den Wald von Inglerwood. An der selben Stelle wartete schon das scheußlich anzusehende Weib: „Nun, König Artus, welche Auskunft könnt Ihr mir geben?“
„Es soll sein, wie Ihr es wünscht“, sagte Artus und schlug die Augen nieder.
„Gut“, fuhr die Alte fort, „dann will ich Euch die Antwort geben. Hört genau zu, König Artus. Es ist ein Ding, von dem alle Frauen, die hohen wie die niedrigen, die armen wie die reichen, die alten wie die jungen, die schönen wie die häßlichen, die dummen wie die klugen, träumen. Vor allem anderen auf der Welt wollen sie die Männer beherrschen. Das ist ihr sehnlichster Wunsch. Nun geht beruhigt zu Ritter Gromer Somer Joure. Er wird diejenige verfluchen, die Euch dies verraten hat, aber das macht nichts. Und zu Gawein sagt, daß ich heute in sieben Tagen zu ihm kommen werde. Er soll die Hochzeit vorbereiten. Richtet ihm aus, seine Frau wird Ragnell sein, die Hexe.“
Daraufhin wandte das häßliche Weib ihr edles Pferd und ritt in den düsteren Wald von Inglerwood. Niedergeschlagen und traurig blieb Artus zurück.
Am Tage seines Treffens mit Gromer ritt der König, wie versprochen, unbewaffnet und ohne Begleitung mit dem dicken Buch in den Wald, um sich an der Quelle mit dem Ritter zu treffen. Dieser wartete schon und sah ihm höhnisch lächelnd entgegen.
„Nun, König Artus“, begann der hünenhafte Recke, „laßt die Antwort hören.“ Wortlos reichte ihm Artus das dicke Buch, in welchem die vielen Antworten aufgeschrieben waren.
Gromer Somer Joure blätterte darin und las aufmerksam. Oftmals lachte er laut und schüttelte den Kopf. „Nein, nein“, rief er dann

und klappte das Buch mit lautem Schlag zu. „Keine dieser Antworten ist richtig. Macht Euch also bereit zu sterben."
König Artus seufzte tief. Nun mußte er also doch die Antwort der Hexe Ragnell versuchen. Insgeheim hatte er gehofft, daß eine der Antworten des Buches richtig sein würde. Er hätte Gawein gerne die Schmach dieser Heirat erspart.
Ritter Gromer stand vor ihm, mit dem blanken Schwert in der Hand. „Kommt herunter, Artus!" befahl er. „Oder muß ich Euch an Euer Versprechen erinnern?"
„Nein, das müßt Ihr nicht", erwiderte der König, „aber ich will Euch noch eine letzte Antwort auf Eure Frage geben. So hört denn: Das Allerliebste, was sich Frauen auf dieser Welt wünschen, ist, die Männer zu beherrschen!"
Ritter Gromer Somer Joure wurde bleich vor Enttäuschung und Wut. „Dies kann Euch nur meine Schwester Ragnell gesagt haben", brüllte er mit zornesrotem Gesicht. „Ich wünschte, sie würde auf dem Scheiterhaufen brennen, diese verfluchte Hexe!"
Er stieg in den Sattel und galoppierte davon.
Obwohl Artus dieses Abenteuer gut überstanden hatte und ihm kein Leid geschehen war, ritt er bedrückt zurück nach Camelot. Die Ritter, allen voraus Gawein, freuten sich sehr, als sie sahen, daß Artus wohlbehalten zurückkehrte. Und Gawein, der seinen Oheim in die Arme nahm, zögerte auch jetzt keinen Augenblick: „Wir wollen die Hochzeitsfeier vorbereiten", sprach er, „ich habe mein Wort gegeben und dem werde ich mich nicht entziehen."
So wurde überall im Lande bekanntgegeben, der edle Ritter Gawein gedenke die Dame Ragnell zu ehelichen. Die Edelleute und Lehensmänner wurden an den Hof zu Camelot eingeladen, und alle kamen, denn Gawein war ein sehr bekannter und beliebter Ritter.
Am Tage vor der Hochzeit erschien auch die häßliche Dame Ragnell am Hof. Es war mit einem Schlage totenstill im großen Saal. Erschrocken bissen sich die Ritter der Tafelrunde auf die Lippen, als sie

erfuhren, dies solle die Ehefrau des edlen Ritters Gawein werden. Sie schüttelten die Köpfe über die abgrundtiefe Häßlichkeit des Weibes. Die Edelfrauen und Mädchen zogen sich in ihre Kemenaten zurück und weinten wohl manch bittere Träne, denn Gawein war auch bei den Frauen sehr beliebt und begehrt. Obwohl König Artus die Hochzeit gerne in der kleinen Kapelle des Schlosses ausgeführt hätte, bestand die Dame Ragnell darauf, in der großen Kathedrale zu heiraten. Auch sollte das anschließende Festmahl nicht im engsten Kreise, sondern im Festsaal von Camelot gemeinsam mit allen Edelleuten, Lords, Baronen, Rittern und deren Frauen eingenommen werden. Widerstrebend beugte sich Artus den Wünschen der Dame Ragnell, da auch Gawein dagegen keine Einwände erhob.
Dem Priester zitterte die Hand, als er die Eheleute vor dem Altar mit dem Heiligen Wasser besprengte und ihnen die Hände zusammenlegte. Mehrmals bekreuzigte er sich danach heimlich unter seiner Soutane. Diese Hochzeit war ihm nicht geheuer, und ihm schien nicht alles mit göttlichen Dingen zuzugehen.
Beim folgenden Festmahl bogen sich die schweren Eichentische unter der Last der Speisen, aber vielen der Gäste blieben die Bratenstücke im Hals stecken, als sie sahen, wie die Dame Ragnell sich über das Essen hermachte. Drei Fasane und ebenso viele Kapaune schlang sie gierig hinunter. Mit bloßen Fingern riß sie das Fleisch von den Knochen, und Fett und Bratensaft rann ihr aus dem Mund über die Wangen, den dicken, unförmigen Hals hinunter. Gawein reichte ihr die Speisen in höfischer Art und Weise, sprach freundlich zu ihr, und nur manchmal, wenn er sich abwandte, konnte man sehen, wie er gequält ein wenig sein Gesicht verzog. Kay, der Seneschall, murmelte halblaut vor sich hin, was viele dachten: „Wen immer diese Dame küßt, der soll sich hüten. Ich würde um mein Leben fürchten bei diesen Küssen!“
Nach dem ausgedehnten Festmahl zogen sich Gawein und Ragnell in ihre Gemächer zurück. Viele Ritter folgten mit mitleidigen Blicken

dem Paar und seufzten tief auf. Lieber wären sie eine Woche durch den Wald der Abenteuer in Broceliante geirrt, als den schweren Gang Gaweins auf sich zu nehmen.

Gawein und Ragnell lagen inzwischen auf dem breiten Lager. Die Kerzen waren gelöscht, und nur der Mond verschwendete einige seiner Strahlen und beleuchtete das Zimmer. Voller Zweifel und niedergedrückt von soviel erwartungsvoller Häßlichkeit neben sich, wagte Gawein nicht, seiner Gemahlin ins Gesicht zu schauen oder sie gar zu küssen.

Schließlich hörte er die Stimme Ragnells neben sich: „Ach, Herr Gawein, mein teurer Mann, ich bitte Euch, da Ihr mich schon geehelicht habt, erweist mir doch ein wenig Höflichkeit im Bette. Wäre ich schön, ich weiß wohl, Ihr würdet Euch anders betragen. Doch diesen Wunsch könnt Ihr mir billigerweise nicht abschlagen, sonst würdet Ihr den Ehestand recht gering achten. Ich bitte Euch, küßt mich wenigstens."

Gawein atmete tief durch und raffte all seinen Mut zusammen. Dann sprach er: „Mehr will ich tun, als Euch zu küssen. Ich habe es geschworen, heute in der Kathedrale, und Ihr sollt nie mehr sagen, daß ich den Stand der Ehe nicht achten würde!"

Damit schloß er die Augen und wandte sich Ragnell zu. Noch nie war ihm ein ritterliches Abenteuer so schwer erschienen. Doch er nahm seine Frau in den Arm und berührte mit seinem Mund ihre Lippen. Ragnell preßte sich an Gawein, der die Augen noch immer fest verschlossen hatte, und küßte ihn leidenschaftlich. Der edle Ritter erwiderte ihren Kuß. Dann schlug er die Augen auf und fuhr erschrocken hoch.

„Wer seid Ihr?" stammelte er.

Neben ihm lag eine junge, wunderschöne Frau, die keinerlei Ähnlichkeit mit der abstoßenden Ragnell hatte.

„Was ist geschehen?" Gawein wähnte sich in einem Traum, aus dem er wohl jeden Augenblick erwachen würde.

„Ich bin die Dame Ragnell, Eure Gemahlin, Herr Gawein“, sagte die Frau und lächelte. „Ein böser Fluch lastet auf mir. Durch die Heirat und Euren Kuß habt Ihr einen Teil des Fluches von mir genommen. Jetzt könnt Ihr meine wahre Gestalt sehen.“
Gawein war außer sich vor Freude und Verlangen nach Ragnell. Immer wieder umarmte er sie und beteuerte ihr seine Liebe.
Doch Ragnell fuhr fort: „Ihr müßt Euch nun entscheiden, Gawein. Ihr könnt mich entweder des Nachts schön, jung und begehrenswert haben oder tagsüber. Der Fluch ist noch nicht gebrochen, und so kann ich Euch nur zu einer Hälfte des Tages in meiner wirklichen Gestalt erscheinen. Den anderen Teil des Tages muß ich in der abstoßenden Gestalt der Hexe zubringen.“
Lange Zeit überlegte Gawein. Wollte er seine Frau schön und hold in der Nacht und häßlich am Tage oder umgekehrt? Dann seufzte er laut: „Die Wahl fällt mir sehr schwer“, bekannte er. „Ich würde mich für Euch grämen, wenn Ihr tagsüber so häßlich sein müßt, daß Euch kein Mensch gerade in die Augen schauen kann und alle mit dem Finger auf Euch deuten. Aber falls Ihr am Tage schön wärt, hätte ich in der Nacht ein recht unliebsames Bett. Ich weiß nicht, was die beste Wahl ist. Und deshalb lege ich die Wahl in Eure Hand. Ihr seid meine Frau, und daher sollt Ihr entscheiden.“
Freudestrahlend umarmte Ragnell ihren Mann. „Ihr seid wahrlich der höflichste und edelste Ritter der Welt. Durch diese Worte habt ihr mich von dem Zauber erlöst. Da Ihr mir die Wahl überlassen und nichts von mir gefordert habt, hat der Fluch nun keine Macht mehr über mich.“
Die beiden küßten und liebten sich, und wohl niemand in Camelot und ganz Logries war in dieser Nacht glücklicher als Ragnell und Gawein.
Am nächsten Morgen wartete Artus voller dunkler Ahnungen auf Gawein. Aber sein Neffe erschien nicht in der Kapelle zur Frühmesse, und auch danach blieb er verschwunden. Schließlich hielt der König

es nicht mehr länger aus. Leise schlich er vor die Tür zu Gaweins Gemach und legte sein Ohr an das Holz. Außer einem tiefen Atmen und manchmal einem leisen Schnarchen hörte er jedoch nichts. Zögernd klopfte Artus an der Tür und rief nach Gawein. Lange Zeit rührte sich nichts in dem Raum, und fast wäre Artus einfach ohne Erlaubnis eingetreten, so sehr war er in Sorge um seinen Neffen. Doch da öffnete sich die Tür, und Gawein stand strahlend vor ihm. An seiner Seite sah Artus eine wunderschöne, junge Frau. „Dies ist meine Frau, die Dame Ragnell", sagte Gawein und nahm sie in den Arm.

„Euch hat sie das Leben gerettet, Artus, mir hat sie gezeigt, daß die Macht der Liebe jeden bösen Fluch zerbrechen kann."

(Nach einem Märchen aus dem Sagenkreis um König Artus. Siehe auch: Roland Kübler, Die Sagen um Merlin, Artus und die Ritter der Tafelrunde, Stendel, Waiblingen).

Claus-Peter Lieckfeld

Tudameda

Vor Timor wars. Es war meine dritte große Fahrt und meine erste als Vollmatrose. Zwanzig war ich, vielleicht einundzwanzig. Keinesfalls aber älter als zweiundzwanzig.

Seit einer Woche dümpelten wir in einer Flaute, und alle Geschichten waren erzählt, aller Rum gesoffen, alle Händel ausgerauft. Zäh klebte die Langeweile auf den Planken. Und der Schiffszimmermann begann seltsame Schatten zu sehen in dem schlappen Tuch, das an den Rahen hing.

Da zeigten Wolken im Osten, dass Wind aufkam. Voller Freude zogen wir die volle Besegelung zwischen die Wanten. „Endlich!" jubelte es vom Bugspriet bis zum Heckspiegel. „Endlich!"

Zu spät erkannte unser wackerer Kapitän, dass da nicht ein munteres Lüftchen der Flaute folgte, sondern ein Taifun.

„Refft Segel!" brüllte er.

Ich war klug genug, diesen Befehl langsam zu befolgen, denn die ersten, die aufenterten in die Rahen, schleuderten die Vorboten des Taifuns ins aufgewühlte Meer.

Der Taifun drehte unser gutes Schiff schon im ersten Anlauf kieloben. Ich schmeckte Salz und sprach ein letztes Gebet. Selbst versinkend hörte ich das schmerzvolle Stöhnen der Planken, das Splittern der Masten, das Krachen des berstenden Rumpfes.

Mit dem Leben hatte ich abgeschlossen, nun hoffte ich auf einen Tod, der nicht zu lange mit mir kämpfen wollte. Doch plötzlich fanden meine Arme Halt. Etwas zog mich stetig mit sich fort. Ich hustete Salzwasser und atmete wieder Luft, wunderbare Luft. Ich klammerte mich fester und fühlte - einen Fisch?

In den Seemannsschnurren war immer wieder von Delphinen die Rede, die Ertrinkende retteten. Und das widerfuhr nun mir? Mir, einem unbedeutenden Vollmatrosen?
Als meine Kräfte schon zu erlahmen drohten ob der furiosen Geschwindigkeit, mit der ich durch die Wogen gezogen wurde, tat es einen scharfen Ruck, so dass es mich seitwärts schleuderte. Ich spürte Land, Sand, Strand unter meinen Handflächen und Knien. Ich zog mich, ja, ich robbte aus der Brandung und blieb liegen, entkräftet, dem Tod näher als dem Leben. Und ich schlief ein.
Als ich erwachte, sah ich Fregattvögel am wolkenlosen Himmel, die Heilsvögel der Seeleute. Und noch etwas sah ich. Vor mir in der Brandung lag eine Frau.
Ich blinzelte, rieb meine salzwassergeröteten Augen - und sah sie noch immer: weißblondes Haar, mit Blasentang zu Zöpfen gebunden, lockte über alabasterfarbene Schultern, indigoblau wie die Lagunen der Südsee funkelten mich ihre Augen an. Sie hob sich aus der Brandung, indem sie ihre schlanken aber muskulösen Arme in den Sand stemmte, schaumig leckte die Gischt zwei Brüste, wie ich sie zuvor nur einmal in Marmor gesehen hatte, als wir uns in einer Stadt am Südmeer durch die Kaschemmen treiben ließen, auf der Suche nach Wein und Weibern.
„Bist du der Fisch ... der mich gerettet hat ...?“ stammelte ich. Sie nickte und stemmte sich noch etwas weiter empor. Da sah ich, dass sie wahrhaftig zur Hälfte Fisch war. Anderthalb Handbreit unter ihrem Nabel verfärbte sich die Alabasterhaut und lief in einen grünschuppigen Fischleib aus, dessen Ende eine wuchtige, halbmondförmige Quaste bildete, quergestellt, nach Art der Delphine.
„Wer bist du?“ rief ich, nur um etwas zu sagen.
Sie lächelte, legte zwei gekreuzte Handflächen über ihren Mund, deutete dann mit zwei gespitzten Zeigefingern auf ihre Ohren. Aha, dachte ich, stumm wie ein Fisch, aber hören kann sie. Doch versteht sie auch die Sprache, in welcher ich rede?

„Verstehst du mich?“ fragte ich daher. Sie lächelte und nickte heftig mit dem Kopf, dem Köpfchen, dem wunderbaren Gesichtchen ...
Herrjeh, dachte ich, so ertrunken kann kein Matrose sein, dass ihn dieser Anblick nicht wiederbelebt. Wie fad und langweilig sahen dagegen doch die Meerjungfrauen aus, die ich in der großen Gildehalle als Wandkacheln gesehen hatte.
Ich erhob mich, schwankte noch etwas vor Schwäche, oder vor Verwunderung, und ließ mich zu ihr in die Brandung fallen.
Sie lächelte, griff neben sich in die auflaufende See und hatte wie aus dem Nichts einen kleinen Fisch in der Hand. Den reichte sie mir. Ein Gastgeschenk? Als mir der zappelnde Buntfisch entwischte, ließ sie sich kichernd ins Wasser rollen. Tolpatsch, schienen ihre Augen zu sagen: lieber Tolpatsch!
Dann nahm sie eine Strähne Blasentang aus ihrem Haar und legte sie mir um die Schultern wie einen Blumenkranz.
„Sind wir nun Mann und Frau?“ fragte ich. Sie kicherte, nickte heftig und legte mir wunderbar schlanke aber muskulöse Arme um den Hals. Zwischen ihren Fingern sah ich die Andeutung von Schwimmhäuten. Ihr Griff war fest, fester als der von Männern, wenn wir in der Freiwache aus Langeweile Ringkämpfe veranstalteten. Und unbegreiflich war mir auch die Festigkeit ihrer Brüste.
Küssen war ihr fremd. Erstaunt funkelte sie mich an, aber schon mein zweiter Versuch schien sie zu überzeugen.
Und so rollten wir uns durch die Brandung. In mir loderte die Freude, überlebt zu haben und die Lust, einen Zauber, einen weiblichen Zauber noch dazu, in den Armen zu halten. Ihre Fischquaste trommelte auf den Sand, ihre Schuppen schillerten in allen Farben des Regenbogens, ihre dunkelroten Knospen wippten, mal meerschaumgetupft, mal feucht glänzend. Ich lachte und schrie, sang und weinte vor Glück. Wir bewarfen uns mit Seesternen, die in der Brandung gestrandet waren, und ich ließ mir in den keuchenden, kurzen Ruhepausen von ihr Seepocken an die Brust heften.

Das ging eine Weile so, bis eine gewisse Melancholie über mich kam. Ich lag neben dem schönen Fischweib, betrachtete - so wie man ein unerreichbares Glück in der Ferne sieht - den Teil ihres Leibes, wo die Alabasterhaut in grüne Schuppen überging. Und ich seufzte im sicheren Gefühl, dass sie mich nicht verstand: „Wie ein Besäufnis ohne Rausch ..."

Da legte sie beide Hände über das Gesicht, als wolle sie Trauer verbergen und wandte sich ab.

„Hey, hey", rief ich. „Nimm es nicht persönlich. Eine halbe schöne Frau ist tausendmal besser als eine ganze hässliche. Und ich schwöre dir, nie sah ich ein schöneres Gesicht, schöneres Haar, schönere Brüste, schönere ... äh ... schönere Schuppen."

Sie strich mit einer verzweifelt zittrigen Bewegung über ihren Fischunterleib, und mir fiel nur der dumme Satz ein: „Man kann nicht alles haben."

Eine Weile warf sie sich unruhig in der Brandung hin und her, betrachtete mich kaum noch, wehrte meine erneuten Annäherungen ab. Und plötzlich geschah etwas, das mir das Blut in den Adern stocken ließ. Ihr Leib begann sich in krampfhaften Zuckungen zu rollen, das Blut verfärbte das schöne Gesicht dunkelrot und plötzlich, ich will im tiefsten Krater von Vulkanien geröstet werden, wenn ich nicht die Wahrheit sage, plötzlich wand sich ein weiblicher Unterleib aus der Fischhülle, so wie sich eine Natter aus ihrem Hemd schlängelt. Zoll für Zoll kam er zum Vorschein, bis zu guter Letzt die langen, wohlgeformten Beine die Fischhülle wegschleuderten, wie ein lästiges, enges Kleid.

Schwer atmend lag da eine ganze Frau vor mir, schwer atmend, wie nach einer Geburt. Die Fischhülle nahm eine rücklaufende Welle mit sich fort.

Nach einer Weile, in der nichts war als das Rollen der Brandung, Möwengeschrei und ihr Atem, bewegte sie sich auf mich zu. Die Anstrengung war aus ihrem Gesicht gewichen, da war plötzlich nur noch der Ausdruck, den ich mir in unendlichen, heißen Tropennächten - schlaflosen Nächten - erträumt hatte. Ihr Unterleib glänzte feucht, nur hier und da kleine grüne Tupfer, so als wäre die eine oder andere Schuppe hängengeblieben. Alles wie erträumt: Nur ihr gekräuseltes Dreieck war nicht seidig blond, sondern dunkelgrün, wie das Seegras des Nordmeeres.

Abermals rollten wir durch die Brandung, nur war da keine Fischhaut mehr, an der ich abglitschte, keine Begrenzung, an der die Lust zu Ende war. Und ich war Mann, wie ich es noch nie zuvor im Leben gewesen war, nicht bei den Huren im Freihafen, nicht in der Schilfhütte der heißblütigen Mulattin, nicht in meinen hungrigsten Träumen ... und nie wieder danach.

Als es zu dämmern begann, und ich erwachte - ja, beim Neptun, musste ich doch tatsächlich in ihren Armen eingeschlafen sein - als ich erwachte, hielt ich einen großen Fisch in den Armen, dessen schon glasige Augen blicklos nach oben gerichtet waren. Es roch wie hinter einem Fischmarkt, dort wohin die Marktweiber werfen, was nur noch Katzen und Ratten verspeisen.

Ich zuckte zurück. Der Fischkörper endete im Unterleib einer Frau. Die Beine pendelten leblos im Wasser. Das dunkelgrüne Dreieck war nun seidig blond, die Schuppenreste auf den Beinen verschwunden. Das Fischmaul stand weit offen, die Kiemen wie im Krampf erstarrt, abgespreizt.

Einige Raubmöwen kreisten sehr tief über mir, ihre Schnabelscheren hungrig geöffnet. Ich schrie. Sprang auf. Rannte davon. Nur fort von hier. Barfuß stolperte ich über Klippengestein inseleinwärts, wo mich freundliche braune Menschen aufnahmen und Wasser gossen über meine gesprungenen Lippen.

Tudameda hieß dies Dorf.

Das ist lange her.

Zwanzig war ich, vielleicht einundzwanzig.

Keinesfalls aber älter als zweiundzwanzig.

Jürgen Werner

Was es ist

In ruhigen, gleichmäßigen Zügen, als trage er die Ewigkeit in sich, strich der Henker seinen Wetzstein über den blanken Stahl des Schwerts. Er mochte dieses stille Ritual vor dem großen Augenblick, dieses Gefühl der Gelassenheit, das sich mit jedem Strich über die Klinge in seinem Körper wohlig warm ausbreitete. In diesen Momenten wurde der enge, feuchte Raum, in dem er saß und auf das Urteil wartete, weit und hell. Und manchmal, für einen kurzen Augenblick, sah er sogar die Sonne.

Der Henker schloss die Augen, atmete tief ein und trat in Gedanken hinaus auf den Platz, wo der Tod für das Volk tanzen sollte. Er ging die Stufen hinauf zum Podest, sah den Richtblock, das getrocknete Blut daran, den Weidenkorb auf dem Boden. Er hörte das Raunen des Volkes, fühlte die Ungeduld der Menschen, die Gerechtigkeit bei ihrer Arbeit sehen zu dürfen und sah in ihren Augen die Erleichterung, dass ein anderer und nicht man selbst, dem Tod ins Auge sah. Er war einer von vielen. Doch wenn er die schwarze Kapuze über sein Gesicht streifte, das Schwert über die Schultern hob und mit ganzer Kraft in den Richtblock rammte, war er für einen Augenblick den Göttern unendlich nah. Solange, bis der Kopf in den Korb fiel, und sich das Schweigen der Menge in donnernden Jubel verwandelte.

Der Henker lächelte sanft. Es war so einfach, Menschen glücklich zu machen.

Er betrachtete prüfend die Klinge und kramte unter seinem speckigen Lederumhang eine Vogelfeder hervor. Der Henker warf die Feder in die Höhe, ließ sie in der feuchten Luft des düsteren Raumes tan-

zen und wartete geduldig, bis sie sich fast schwerelos auf die Klinge legte, um dort in zwei Hälften geteilt zu werden. Das Schwert war bereit und er zufrieden.
Schwere Schritte vor seiner Kammer schreckten ihn auf. Angespannt, wie die Sehne eines Bogens, stand er da. Das Klappern der Kerkerschlüssel war zu hören, die Zeit drängte.
Der Henker schlich zur Tür. Er wollte die Angeklagte sehen, einen kurzen Blick erhaschen, bevor die Schergen der Gerechtigkeit sie dem Gericht überstellten und damit den Lauf der Dinge in Bewegung setzten.
Er kam zu spät. Niemand war zu sehen, und trotzdem war der schmale Gang von einem sanften Zauber erfüllt, der den Henker schwindelig machte.
Was geschah mit ihm? Es dauerte einen Augenblick, bis er wieder zu sich kam, und weil er nicht wusste, wohin er mit diesem Gefühl sollte, nahm er den Wetzstein in die Hand und setzte seine Arbeit fort. Er wollte in seiner eigenen Welt versinken, seinen Träumen, jenen Notausgängen des Lebens, doch seine Gedanken suchten einen anderen Weg. Sein Blick wanderte die Steinmauer entlang nach oben, zu einem kleinen, vergitterten Fenster. Er wusste, dass man von dort aus Einblick in den Gerichtssaal hatte. Aber das Fenster war bloße Versuchung. Es war ihm als Henker auf das strengste verboten, die Verhandlung zu beobachten.
Doch der Wunsch, die Angeklagte zu sehen, wurde stärker und stärker. Nur ein Blick, bevor das Urteil sie verwandelte, sich die Zuversicht aus ihren Augen stahl und ein reißender Fluss aus Angst den Lebensmut mit sich fortriss.
Seit im Land per Dekret verfügt worden war, dass sie vor Gericht gestellt wird, war ein Sturm der Gefühle losgebrochen, der jeden mitriss. Alle hatten Wichtiges zu berichten, und doch wusste niemand etwas. Sie war ein Geheimnis, das jeder zu kennen glaubte und in Wahrheit keiner kannte.

Noch zögerte der Henker. Aber der Kampf dauerte nicht lange, die Versuchung war zu groß, allein ihm selbst kam es wie eine Ewigkeit vor. Er spürte, wenn er sie nicht sah, würden seine Träume nie wieder das sein, was sie bisher waren.
Leise, vorsichtig und zugleich von einer inneren Hast getrieben, legte er sein Schwert auf den Boden und zog den Schemel unter das Fenster. Den rechten Fuß auf den Schemel zu setzen, ging rasch und einfach. Allein das linke Bein zögerte, wollte den Kontakt zum Boden nicht aufgeben. Er musste den letzten Schritt wagen.
Sein hastiger Blick huschte im Gerichtssaal umher.
Sie saßen dichtgedrängt, leise miteinander tuschelnd auf den schmalen Bänken. Männer mit ernsten Gesichtern, viele in der Kluft des Tagewerks, einige im feinen Gewand. Frauen mit besorgtem Blick, Taschentücher in der Hand, ihre Kinder fest an sich gepresst. Er entdeckte das Portal aus dunklem Ebenholz. Zwei Löwenköpfe zierten die Türen. Zähnefletschend hielten sie jeden Unbefugten davon ab, ihnen zu nahe zu kommen. Hinter dem Portal warteten die Zeugen der Anklage.
Nicht weit davon entfernt saßen die sieben Geschworenen. Auserwählte, mit alltäglichen Gesichtern, Gedanken und Gefühlen. Der Henker erschrak, erkannte sich selbst in einem der Gesichter und wusste zugleich, dass ein jeder im Saal, auf der Straße, in der Stadt, im ganzen Land, sich in einem der sieben Gesichter wiederfand. Einzig aus diesem Grund waren sie die Auserwählten.
Vor den Reihen der Schaulustigen sah er den Tisch des Klägers. Ein wichtig dreinblickender Mann hatte dahinter Platz genommen. Daneben der Tisch des Verteidigers, an dem keine Menschenseele saß.
Direkt unter ihm, kaum drei Ellen entfernt, saß der Richter! Groß und wuchtig, auf einem schweren Stuhl aus dunklem Holz, thronte die Gerechtigkeit über allen anderen im Saal. Der Henker sah die dichten, schwarzen Haare auf den Fingerrücken, die fleischigen Hände, die größer waren als seine eigenen. Er musste lächeln, als er eine

kahle Stelle auf dem Kopf des Richters entdeckte, die niemand, außer ihm, sehen konnte. Die Gerechtigkeit wird alt, dachte der Henker und schämte sich sogleich dafür. Denn Gedanken wie diese, standen einem wie ihm nicht zu.

Der Richter hob den Hammer. Der Henker spürte, wie sich seine Nackenhaare aufrichteten, seine Hände zitterten. Er konnte mit ruhiger Hand töten, dem Recht zu seinem Recht verhelfen, doch das Krachen, als der Hammer auf die Tischplatte fiel, ließ ihn bis ins Mark erschauern. Dabei kannte er das Geräusch. Gehört hatte er es schon oft, es war das Zeichen, die Angeklagte in den Saal zu führen. Der Henker beobachtete die schmale Tür direkt neben der Anklagebank. Gleich würde die Tür geöffnet werden. Sie würde heraustreten, die wenigen Stufen nach oben gehen und sich auf den ihr zugewiesenen Platz setzen.

Er vergaß die Verbote, vergaß seine Angst. Er konnte den Blick nicht mehr abwenden, sah nur noch die Tür, die schweren Scharniere, das schmiedeeiserne Schloss, und dann sah er sie. In diesem Augenblick wusste er, dass es von Anfang an sein Schicksal gewesen war, so zu handeln. Es gab kein Zurück. Es hatte nie ein Zurück gegeben.

„Sie ist es", flüsterten die Menschen im Gerichtssaal und nickten sich gegenseitig bestätigend zu. In den hinteren Reihen reckten sie die Hälse, um einen Blick zu erhaschen. Einige hielt es nicht mehr auf den Bänken, aber ein leises Zischeln aus den Reihen dahinter, brachte sie schnell dazu, sich wieder zu setzen. Die Stimmen wurden leiser, die Menschen erwartungsvoller.

Sie kam aus den Tiefen des Kellers, hatte auf nacktem Boden geschlafen, war über schmutzige Stufen gegangen und an feuchten Wänden entlanggestreift. Trotzdem war ihr Gewand von einem makellosen Weiß, wie frisch gefallener Schnee auf den höchsten Gipfeln des Landes.

Erhobenen Hauptes, mit einem sanften Lächeln, trat sie durch die Tür, ging die wenigen Stufen nach oben, sah den Richter an, die

Schaulustigen, die Schergen der Gerechtigkeit, die Geschworenen und schenkte jedem einzelnen ihre ganze Wärme und Zärtlichkeit. Ein Raunen ging durch den Saal, und für einen Augenblick waren Gefühle stärker als Gesetze, hatte selbst der Richter nicht die Macht, für Ruhe zu sorgen.

Für diesen einen Augenblick herrschte Vollkommenheit im Saal.

Zuerst waren es wenige, die mit leisen, bösen Worten diese Vollkommenheit zerstörten. Dann wurden es mehr, die Beschimpfungen lauter, bis der ganze Saal aufbegehrte.

„Sie ist eine Hexe!" schrie ein Mann aus den vorderen Reihen.

„Sie bringt Unheil!" ergänzte eine Frau und presste dabei ihr Kind ängstlich an die Seite.

„Hängt sie auf!" rief ein anderer.

„Schlagt ihr den Kopf ab, bevor sie uns alle mit ihrer Scheinheiligkeit verzaubert!" forderte ein weiterer.

„Ruhe, oder ich lasse den Saal räumen!" dröhnte die Stimme des Richters. Die Menge beruhigte sich, der Tumult wich einer ungeduldigen, stillen Spannung. Der Blick des Richters verharrte auf der Angeklagten. „Wer verteidigt Euer Recht vor diesem hohen Gericht?"

„Ich selbst, Euer Ehren." Die Worte schienen in der Luft zu tanzen, wurden mit ihr fortgetragen und erreichten auch die hinterste Reihe des Saals. Die Zartheit ihrer Stimme ließ die Herzen einiger weniger im Saal aufatmen, wie ein Frühlingsmorgen, der nach frostiger Nacht, die ersten Sonnenstrahlen begierig in sich aufnimmt. Die meisten wehrten sich mit aller Kraft gegen dieses Gefühl, das stark und schwach zugleich machte. Und es war vor allem die Schwäche, die sie dagegen kämpfen ließ.

„Dann soll es so sein", räusperte sich der Richter und wandte sich an den Ankläger. „Wie lautet die Beschuldigung?"

Der Ankläger trat vor. Er war ein Meister seines Fachs, ein Magier der Worte und Gesten. Seit vielen Jahren verstand er es, die Geschworenen für sich einzunehmen, sie zu fesseln, zu begeistern. Auf dass

sie sich am Ende der Verhandlung mit Freude und Hingabe und der festen Überzeugung, das Richtige zu tun, für seinen Antrag entschieden. Jede seiner Bewegungen erzählte eine Geschichte: vom Recht haben, Recht wollen und Recht bekommen.
„Verrat an der Menschlichkeit, unendliche Schmerzen, unvorstellbares Leid und, hohes Gericht, werte Geschworenen, Mord! Mord in mannigfaltiger Weise, böse, hinterlistig und gemein! All das klage ich an, und all das werde ich durch Zeugen beweisen!" Die Stimme des Anklägers war kalt wie ein Gebirgsbach. „Aus diesem Grund, hohes Gericht, fordere ich den Tod durch das Schwert des Henkers!"
Der Ankläger setzte eine wohlfeile Pause; wissend um deren Wirkung, wartete er ab, bis alle Aufmerksamkeit ihm gehörte. Gemessenen Schrittes trat er in die Mitte des Saals. Mit einer weit ausholenden Geste deutete er auf das Portal und rief feierlich: „Der erste Zeuge!"
Sie waren da, schlagartig, mit aller Macht: die Spannung, die Ungeduld, die Gier nach Neuigkeiten, nach der Entscheidung von Leben und Tod. Die Mühlen der Gerechtigkeit setzten sich zäh in Bewegung. Nichts konnte sie mehr aufhalten.
Der erste Zeuge betrat mit ruhigen Schritten den Raum und ging zum Richtertisch. Seine ergrauten Schläfen, das weise Lächeln in seinem zeitlosen Gesicht, verliehen ihm große Würde. Jede seiner Bewegungen strahlte Ruhe und Klarheit aus wie ein Diamant, der tief in der Erde seit Jahrtausenden ruht. Wissend um den Wert, welchen er verkörpert und doch zufrieden mit seinem Dasein.
„Ich bin die Vernunft", stellte sich der Zeuge vor.
„Wie lange kennt Ihr die Angeklagte?" wollte der Ankläger wissen.
„So wie alle Zeugen", antwortete die Vernunft. „Seit Anbeginn der Zeit."
„Und was habt Ihr der Angeklagten vorzuwerfen?"
Die Vernunft wandte sich den Menschen im Saal zu. „Ihr Dasein ist sinnlos, ohne Wert. Es gibt keinen einzigen Grund, weshalb es sie

weiterhin geben sollte. Sie ist nichts weiter als Unsinn!"
Die letzten Worte der Vernunft waren kaum verhallt, da brach eine Welle der Abscheu über die Angeklagte herein.
„Tötet sie", forderten die Schaulustigen. „Gebt sie in die Hände des Henkers!"
Nur mit Mühe, gelang es dem Richter, die Menschen im Saal zu bändigen. Der Ankläger betrachtete zufrieden das Schauspiel und warf einen Blick auf die Geschworenen, als wolle er ihnen sagen, darf man Volkes Stimme überhören?
Doch der Richter wich vom Pfad der Gerechtigkeit nicht ab und wandte sich, nachdem endlich Ruhe eingekehrt war, an die Angeklagte. „Was habt Ihr zu Eurer Verteidigung zu sagen?"
Alle Augen richteten sich auf die junge Frau, die dem Henker so unschuldig schien und doch eine Angeklagte war, die um ihr Leben kämpfte. Was würde sie sagen angesichts dieser Anschuldigung? Wie sollte sie je beweisen, dass die Vernunft ein falsches Zeugnis abgelegt hatte?
Die Angeklagte erhob sich und antwortete mit leiser Stimme: „Ich bin, was ich bin."
Der Richter konnte nicht glauben, dass die Angeklagte nicht mehr zu sagen hatte. Sie aber schwieg und schenkte ihm einen dieser weichen, zärtlichen Blicke, die selbst die rauheste und härteste Schale durchbrach. Der Richter räusperte sich verlegen. Der Ankläger sah die Gefahr. Schwäche, Verständnis, Barmherzigkeit waren im Gerichtssaal seine ärgsten Feinde. Um Schlimmeres zu verhindern, forderte er mit Nachdruck den zweiten Zeugen, und der Richter entsprach seinem Wunsch.
Geduckt, versteckt unter einem großen Mantel, lief die Zeugin mit raschen Schritten zum Richtertisch.
„Was ist mit dem Goldstück, das man mir versprochen hat?" keifte sie mit gieriger Stimme. „Ich hatte Auslagen, die ein Goldstück kaum aufzuwiegen vermag. Wo ist es?"

„Ihr werdet bekommen, was Euch zusteht", antwortete der Richter. „Doch zuerst tretet einen Schritt zurück und sagt, was Ihr zu sagen habt."

Die Zeugin tat, wie ihr geheißen und warf dabei ihre Kapuze in den Nacken. Ihr schmales Gesicht zierte eine gewaltige Hakennase und ihre Augen erinnerten an die eines Habichts. Kalt und berechnend musterten sie den Richter.

„Ich bin die Berechnung, und was ich in diesem Prozess, vor diesem hohen Gericht zu sagen habe, ist weit mehr wert als ein Goldstück."

„Sprecht, sonst wartet der Kerker auf Euch!" drohte der Richter ungeduldig. Erschrocken duckte sich die Berechnung, um sogleich wieder mit bösem Grinsen obenauf zu sein. Mit ihren langen Fingern deutete sie auf die Angeklagte.

„Sie ist eine Betrügerin, eine Blenderin, die nur Unheil bringt! Wer sie ansieht, mag an meinen Worten zweifeln. Aber wer sich mit ihr einlässt, wer zulässt, dass ihre Macht über ihn kommt, auf den wartet am Ende nur eines: großes, schmerzvolles Unglück!"

Der Ankläger warf einen zufriedenen Blick in den Saal und zu seinen Geschworenen, die, dessen war er sich sicher, bald ihm gehörten.

Der Richter sah zur Angeklagten, wartete auf ein Wort der Verteidigung. Doch sie schwieg, und so forderte er den dritten Zeugen.

Nur mit Mühe gelang es den Schergen der Gerechtigkeit, ein kleines Mütterchen, versteckt unter alten Lumpen, hereinzubringen.

Ein übler Geruch ging von der Zeugin aus, die nur zögernd zum Richtertisch kam. Dort, wo sie zitternd vorbeischlurfte, rückten die Menschen zur Seite, um nur möglichst nicht mit den alten Lumpen in Berührung zu kommen. Ein leises Wispern und Scharren umgab die alte Frau, ab und an auch ein Schrei, der jeden im Saal sofort an seinen schlimmsten Traum erinnerte.

„Ich, ... ich", der alten Frau versagte die Stimme.

Der Ankläger träufelte einige Tropfen Parfum auf sein blütenweißes Taschentuch, hielt es sich unter die Nase und ging zu der alten Frau.

„Sprecht, liebe Frau", säuselte er, „niemand will Euch Böses."
Die alte Frau nickte und hob von neuem an. „Ich bin die Angst und sie ...", zum ersten Mal bekam ihre Stimme einen energischeren Ton, ein Fundament, auf dem sich bauen ließ. Voller Abscheu kamen die Worte über ihre dünnen, gerissenen Lippen, „... sie ist nichts weiter als Schmerz. Großer, abgrundtiefer Schmerz, der in die Glieder fährt, ins Herz. Schmerz, der einem die Eingeweide zerfrisst und einen bis zum bitteren Ende leiden lässt. Verglichen mit ihrer dunklen Macht, ist die Pest ein Segen."
Als hätten die Worte alle Energie aus ihrem Körper gesogen, sank die Angst wieder in sich zusammen.
Kein Wort war zu hören. Die Angeklagte saß still da und tat in dieser beklemmenden Situation etwas Ungeheuerliches. Sie lächelte. Warm und weich, mit grenzenloser Zärtlichkeit. Und es gab tatsächlich Menschen im Saal, die konnten, nein, die wollten ihr einfach nicht böse sein.
In dieses stille Lächeln hinein kam die nächste Zeugin.
Sie trug weite, bunte Röcke und eine Jacke aus tausend Flicken. Mit wiegenden Schritten, als würde sie tanzen, kam die Zeugin zum Richtertisch, verbeugte sich kurz und fing sofort zu sprechen an.
„Ich grüße Euch, werter Richter. Ich bin die Einsicht, die Schwester der Vernunft. Ich habe nicht viel zu sagen, wollte trotzdem mein Scherflein zur Gerechtigkeit beitragen und fahre fort, sofern Ihr es wünscht."
„Tut dies", antwortete der Richter.
„Ihr Streben", die Einsicht deutete auf die Angeklagte, „ist aussichtslos. Was sie begehrt, wird ihr nie gelingen. Wer ihr folgt, ihr vertraut, wird scheitern. All die Mühen, die sie einem abverlangt, all die Hoffnungen, die sich früher oder später in Verzweiflung wandeln und die Seele unendlich belasten, all das ist für Nichts und wieder Nichts."
Noch eine kurze Verbeugung, schon war die Einsicht mit ihren fliegenden Röcken aus dem Saal verschwunden.

Der Richter sah die Angeklagte streng an. „Schwere Beschuldigungen lasten auf Euch. Wollt Ihr etwas zu Eurer Verteidigung sagen?"
Die Angeklagte erhob sich. Die Spannung im Saal flirrte, wie an Sommertagen die Hitze über gestampfter Erde. Sie sah zum Richter, den Geschworenen, den Menschen im Saal.
„Ich bin, was ich bin", sagte sie mit leiser Stimme, und die Luft um sie herum begann zu singen. Ein Leuchten ging von ihr aus, das selbst dunkle Katakomben mit Lebensfreude erfüllen konnte.
Das spürte auch der Ankläger. Seine Stimme erhob sich über den Saal. Er war nicht willens, den Kampf zu verlieren. „Hohes Gericht, lasst mich weitere Zeugen aufrufen, die beweisen, dass die Angeklagte nichts weiter als den Tod verdient. Wir dürfen uns nicht von ihrer Scheinheiligkeit blenden lassen. Ihre Worte sind bloßes Blendwerk, Glitzerzeug, das sich bei näherem Hinsehen als Tand erweist."
Der Richter nickte kaum merklich. „Ruft den nächsten Zeugen!"
Kleider aus edelstem Zwirn, ein Zylinder, schwarz wie die Nacht, und ein Stock, dessen Knauf eine goldene Krone zierte, so kam er herein. Mit weit ausholenden Schritten ging er durch die Reihen, als flaniere er eine Promenade entlang. Grüßte hier, grüßte da. Schenkte jenen ein Lächeln und anderen einen herablassenden Blick. Er genoss die bewundernden Blicke und deutete selbst vor dem Richter eine Verbeugung nur an.
„Was ich zu sagen habe ..."
„Nennt zuerst Euren Namen", unterbrach ihn der Richter.
„Wozu? Ein jeder im Saal kennt mich", begehrte der Zeuge auf.
„Nennt mir Euren Namen, so verlangt es das Gesetz!" Alle im Saal zuckten unter den drohenden Worten des Richters zusammen. Allein der Zeuge bewahrte seinen selbstgefälligen Blick, war nicht bereit, sich vor dem Recht zu ducken.
„Ich bitte Euch, tut was er verlangt", bat der Ankläger mit demütiger Stimme, gefolgt von einem Bückling. Er wusste, wie er seine Zeugen zu nehmen hatte, damit sie schlussendlich taten, was er wollte.

„Ich bin der Stolz", ließ sich der Zeuge zu einer Antwort herab. Er deutete mit seinem Stock auf die Angeklagte und verzog dabei das Gesicht, als stochere er in Unrat herum.
„Ihr Tun ist lächerlich. Was sie bewirken will. Lächerlich! Was man sich von ihr erhofft. Lächerlich! Alles an ihr ist lächerlich!" Seine Stimme wurde eindringlicher, warnender. „Und gerade das macht sie für jeden von uns so gefährlich!"
Auf mannigfaltige Weise bestätigten die Schaulustigen den Stolz. Die meisten beließen es bei einem zustimmenden Nicken, andere klopften mit ihrer Hand auf das Holz der Bänke, und einige wagten es sogar, zu applaudieren. Der Ankläger war zufrieden. Die Menge gehörte wieder seinen Gedanken, seinen Wünschen.
„Bringt den nächsten Zeugen!" rief er voller Zuversicht.
Die Neugier auf einen weiteren Zeugen ließ die Menschen zur Ruhe kommen. Ein kurzes Gerangel an der Tür zog die Aufmerksamkeit der Besucher auf sich. Die Schergen der Gerechtigkeit hatten einiges zu tun, um den nächsten Zeugen in den Gerichtssaal zu schaffen. Der Mann trug eine alte Rüstung, schwer und massiv, dazu Handschuhe und Stulpen aus Eisen. Seinen Schild hielt er über den Kopf, als könnten jeden Moment Feinde, wie hungrige Greifvögel auf ihn herabstürzen.
Der Aufzug des Mannes sorgte für manch beißenden Spott und humorvolle Bemerkung. Das alte Visier klappte ständig nach unten, und es kostete den Mann einige Mühe, immer wieder dafür zu sorgen, dass er einen freien Blick zum Richtertisch hatte und so seinen Weg finden konnte.
„Vorsicht, Ihr könntet Euch verletzten", warnte er auf dem Weg zum Richtertisch eine dicke Frau mit rosigen Wangen, die während der Verhandlung strickte. Die Frau starrte einen Moment auf die Nadeln, dann auf den Mann, dem einmal mehr das Visier herunterfiel und verstaute schließlich ihr ganzes Strickzeug in einem Weidenkorb, der zu ihren Füßen stand.

Dem Richter ging das alles viel zu langsam. Drohend hielt er seinen Hammer, das Zepter der Gerechtigkeit, in die Höhe und mahnte zur Eile.
„Quetscht Euch nicht den Finger“, warnte der Mann, dessen Stimme unter der Rüstung einen hohlen Klang hatte. Es gelang ihm tatsächlich, den Richter für den Bruchteil einer Sekunde, den Flügelschlag einer Stubenfliege, aus der Fassung zu bringen.
Der Hammer sauste nieder. „Ruhe!“
Niemand sagte ein Wort, einige wagten nicht einmal zu atmen, so ernst nahmen sie den Wunsch des Richters.
„Ist Euch auch nichts geschehen?“ war die Stimme des Mannes zu hören. „Ich meine mit Eurer Hand?“
„Sagt, was Ihr zu sagen habt“, befahl der Richter.
„Ich bin die Vorsicht“, erklärte der Mann. „Und was die Angeklagte betrifft, so ist es Leichtsinn, ihr zu folgen, Leichtsinn, auf sie zu hören und leichtsinnig, an sie zu glauben. Wer sich aber trotzdem auf sie einlässt, glaubt mir, der geht dem Tod mit schnellen Schritten entgegen.“
Der Ankläger warf einen kurzen Blick auf die Zeugenbank und sein Herz bekam einen Stich. Er sah, wie die Angeklagte durch ihr sanftes Lächeln dem Zeugen für einen Moment soviel Leichtigkeit verlieh, dass dieser, trotz seiner schweren Rüstung, mit sicherem Schritt den Raum verlassen konnte. Rasch wandte er sich ab. Er durfte nicht zweifeln, keinen Moment. Auch er war schon mit ihr in Berührung gekommen, kannte ihre Macht. Im Guten, aber vor allem im Bösen! Der Tod war für sie nur gerecht, und so sollte das Urteil auch lauten!
„Obwohl nach all den Zeugen die Frage der Schuld längst geklärt ist“, hörte er sich sagen, „möchte ich einen weiteren Zeugen aufrufen, dessen Leumund über jeden Zweifel erhaben ist.“
Ein ehrfürchtiges Raunen ging durch den Saal, als der alte Mann, gebückt von der Last der Zeit, aber mit festem Schritt, zum Richtertisch ging. Die grauen Haare reichten ihm bis weit über die Schultern

und tatsächlich, keiner im Saal dachte auch nur einen Augenblick daran, die Worte dieses Zeugen in Zweifel zu ziehen.
„Ich bin die Erfahrung“, stellte sich der Mann mit einer tiefen Verbeugung dem Richter vor. Auch der Richter erhob sich von seinem Stuhl und verbeugte sich. So groß war die Ehrfurcht vor diesem Mann. Der Ankläger rieb sich zufrieden die Hände.
Die Erfahrung wandte sich der Angeklagten zu. Er war der einzige Zeuge, der es wagte, ihrem Zauber offen zu begegnen. Selbst ihr schenkte er eine kurze Verbeugung.
„Seid Ihr zu einer Aussage bereit?“ fragte der Richter.
Die Erfahrung wandte sich wieder dem Richtertisch zu. „Was sie vorgibt zu sein, ist unmöglich! Was sie in uns erreichen, verändern möchte, es ist unmöglich. Sie kann niemals vollbringen, was sie vollbringen will. Das ist ihr trauriges Schicksal. Und jeder, der ihr folgt, den wird das selbe Schicksal ereilen.“
Ohne ein weiteres Wort, aber mit aller gebotenen Höflichkeit, verließ die Erfahrung den Saal.
Der Richter wandte sich an die Geschworenen. „Ihr habt gehört, was die Zeugen zu berichten wussten. Habt die Worte vernommen. Daraus ein Urteil zu bilden, obliegt nun euch. Ihr seid die Vertreter des Volkes. Wenn ihr die Angeklagte schuldig sprecht, so bedeutet das unwiderruflich den Tod für sie, und der Tod kennt kein Zurück. Die Anklage möge ihr Schlusswort sprechen.“
Darauf hatte der Ankläger ungeduldig gewartet.
Vor vielen Jahren war er einmal in das ferne Spanien gereist und dort Zeuge eines wahrlich seltsamen Schauspiels geworden. Junge Männer trieben einen pechschwarzen Stier in die Arena, wo ein einzelner ihn erwartete. Bereit zum Kampf auf Leben und Tod. Sie nannten ihn Matador. Speere steckten im Nacken des Stiers und das Blut färbte seinen Rücken. Der Matador lud mit seinem roten Tuch den Stier zum Tanz und wich dabei stets gewandt den tödlichen Hörnern aus.

Als der Stier nach langem Kampf müde und entkräftet inmitten der Arena stand, zog der Matador seinen Degen und versetzte dem Tier, unter dem lauten Jubel der Menge, den Todesstoß. Seit dieser Zeit sah er sich selbst als Matador. Doch seine Gegner kamen nicht im pechschwarzen Gewand, sondern in vielfacher Gestalt. Hinterlistiger und unberechenbarer, als es ein Stier je sein konnte.

Der Ankläger warf einen letzten Blick auf die Schaulustigen. Das Spiel mit dem Tuch war vorüber, nun galt es den Degen zu ziehen, den tödlichen Stoß zu setzen. Er trat vor die Geschworenenbank.

„Ein jeder von uns ist mit der Angeklagten schon einmal in Berührung gekommen, hat ihre teuflische Macht gespürt, ist ihrer Hinterlist zum Opfer gefallen. Die Zeugen haben unser aller Erkenntnis nur bestätigt. Was sie in uns bewirkt ist Unsinn, bringt Unglück, nichts als Schmerz. Dabei ist es aussichtslos, ja lächerlich und leichtsinnig. Aber all das könnten selbst jene ihr noch verzeihen, die in ihrem Namen bittere Tränen vergossen haben, oder gar ihr Leben gaben, wenn uns die Erfahrung nicht gewarnt hätte! Was sie erreichen will, ist unmöglich." Der Ankläger beugte sich über die niedrige Brüstung und sah jeden einzelnen an. Mit leiser Stimme fuhr er fort: „Hört auf die Zeugen, aber vor allem hört auf das Leid, das ihr alle schon gespürt habt. Um unser aller Seelenheil, unser aller Seelenfrieden, sprecht die Angeklagte schuldig und beendet damit ihr unheilvolles Tun auf dieser Welt."

Der Ankläger ging zurück zu seinem Tisch und setzte sich auf den Stuhl. Er hatte getan, was getan werden musste. Nunmehr lag das Schicksal in der Hand der Geschworenen.

Der Richter räusperte sich und sah zur Angeklagten. „Dies ist Eure letzte Möglichkeit, ein Wort an die Geschworenen zu richten, bevor sie ihr Urteil fällen. Habt Ihr etwas zu Eurer Verteidigung zu sagen?"

Für einen Moment schien es, als wolle die Angeklagte schweigen. Doch dann erhob sie sich. Langsam, ruhig, mit einer grenzenlosen Leichtigkeit.

„Ich bin, was ich bin", sagte sie mit fester Stimme. Und ein jeder verstand sie mit dem Herzen.
Langsam setzte sich die Angeklagte wieder auf ihren Platz.
Leises Hüsteln war zu hören, einige scharrten mit den Füßen, wieder andere schluckten schwer und laut. Doch keiner von ihnen erhob seine Stimme.
„Es ist an euch, zu entscheiden", wandte sich der Richter an die Geschworenen, jene sieben Auserwählten, mit ihren alltäglichen Gesichtern, Gedanken und Gefühlen, in denen sich ein jeder im Saal, auf der Straße, in der Stadt, im ganzen Land, wiederfand. Die Geschworenen erhoben sich wortlos und verließen den Saal, um zu beraten und ein Urteil zu fällen.
Der Henker warf einen letzten Blick auf die Angeklagte, stieg von seinem Schemel und setzte sich. Er vergrub seinen Kopf in den Händen, fuhr sich durch die Haare, atmete schwer, richtete sich auf und sah sein Schwert an.
Nie zuvor hatte er die Last seines Tuns so schwer auf den Schultern gespürt. Mit der Gewissheit vor Augen, dass er derjenige sein würde, der ihrem Leben ein Ende setzen würde, spürte er zum ersten Mal, wie wertvoll das Leben ist, das Riechen, Sehen, Fühlen, Hören und Schmecken.
Der Henker fuhr mit dem Wetzstein sacht die scharfe Klinge entlang. Er wollte nicht nachdenken und suchte im gleichmäßigen Rhythmus der Arbeit nach seinen Träumen, diesem Notausgang aus dem Leben. Doch die Realität entließ ihn nicht in die Welt des Imaginären. Er hatte zuviel gesehen, zuviel gespürt. Er konnte sich nicht mehr dagegen wehren und fühlte in diesem Augenblick wie all die anderen. Die dicke Frau mit den rosigen Wangen, die Leute im Saal, in der Stadt, im ganzen Land und jenseits der Grenzen. Sie alle mussten eine Entscheidung treffen. Und je mehr sich der Henker dessen bewusst wurde, je mehr er dies zuließ, desto größer und heller wurde der kahle Raum.

Die Decke schien sich zu heben, gleißendes Sonnenlicht strömte in sein Herz, ließ die Augen leuchten und die Seele tanzen, als säße er auf einem bunten Marktplatz, wo der Tod nichts zu suchen hat. Nur das Leben.

Er wusste, er musste sich entscheiden. So wie alle.

Die Entscheidung, ob die Liebe leben oder sterben sollte, musste gefällt werden.

Der Henker legte sein Schwert beiseite, öffnete die Tür, verließ den engen, düsteren Raum, lief den Gang entlang und trat hinaus auf den Marktplatz, den die tiefstehende Sonne in ein rotes, warmes Licht tauchte.

Er schloss die Augen und ging der Sonne entgegen.

(Nach dem Gedicht von Erich Fried: „Was es ist").

Folke Tegetthoff

Einsamkeit

Das Märchen. Es greift in seine alte Kiste und holt hervor:
`ne Prinzessin, der man vergammeltes Gemüse ins Bett gelegt hat, `ne emanzipierte Hexe, die gegen Biokultur im Obstbau protestiert, und eine Fee, die es satt hat, sich Blasenentzündungen zu holen und beschließt, ab sofort nur noch in Blue Jeans rumzulaufen. „Ja, ja, die Jugend", lächelt das Märchen, „aber sie haben recht. Alle reden vom Fortschritt, vom Umdenken, von der Gegenwartsliteratur. ... versuchen kann man`s ja zumindest."

Das Märchen verkleidet sich!

Und für einen Tag bekommen alle aus der alten Kiste Ausgang. Sie schlüpfen aus ihren Brokatgewändern, schnallen die Buckel ab, vergessen die Zauberstäbe und schweben in den Tag, das HEUTE zu erfahren.

Eigentlich wollte das Märchen diesen Tag so richtig genießen, naja, es war immerhin der erste Urlaubstag seit ein paar tausend Jahren. Aber jemand, der sein ganzes Leben gearbeitet hat, der hält Nichtstun nicht aus.

„Eigentlich könnte ich doch die alte Kiste saubermachen. Jetzt, wo alle weg sind, ist das die Gelegenheit."

Und als es mit der Arbeit fast fertig ist, entdeckt es auf dem Boden einen alten, schon vergilbten Brief. Das Märchen erkennt die Handschrift. Es ist seine eigene, aus jungen Jahren. Und so, wie wir das auch tun würden, hätten wir nach langer Zeit einen unserer eigenen Briefe in der Hand, setzt sich das Märchen in seinen bequemsten Stuhl und beginnt zu lesen:

Hallo Einsamkeit!

Hab`gerade den Himmel blau gestrichen. Ich konnte das Grau nicht mehr ertragen. Und dann habe ich mir ein rosa Wölkchen gemalt, habe es geküsst, und jetzt verreisen wir zwei. Das ist auch der Grund, warum ich Dir heute scheibe. Wir waren immerhin eine ziemlich lange Zeit wie ein Reißverschluss. Deshalb wollte ich nicht so einfach davonschweben, ohne Dir vorher Auf Wiedersehen zu sagen. „Wiedersehen" - wie fröhlich das klingt. Ganz anders war es, als wir uns kennenlernten. Du warst sofort verliebt in mich, ich habe es dir aber auch leicht gemacht. Stundenlang, tagelang saßen wir zusammen und haben gespielt. Immer wieder dieses gleiche, blöde Spiel.

Wie hieß es noch? Gedächtnis ins Küberl und durch ein Sieb schütteln. - Ich durfte die Erinnerungen zählen, die zu groß waren, um durch die feinen Löcher des Vergessens zu entkommen. Manchmal trugen sie sogar noch Namensschilder, riefen mir einzelne Worte zu oder malten mir Bilder an die Wand.

Aber du, schlaue Einsamkeit, hast immer gut aufgepasst. Wenn du am Verlieren warst, hast du mir schnell das Sieb weggenommen und mir einen Spiegel vorgehalten.

Dann habe ich es wieder gesehen: Den hungrigen Mund, der nicht küssen durfte; Augen, die den Laden dicht gemacht hatten, weil sie nichts mehr zu verkaufen hatten. Und gelähmte Hände, die keine Entdeckungsreisen mehr unternehmen konnten.

In meinen Tränen wollte ich dich ertränken, ein Floß aus den herumschwimmenden Hoffnungsplanken bauen und rudern, rudern, bis ich eine Insel gefunden hätte.

Aber du, liebste Einsamkeit, konntest dich ja meisterlich verwandeln: Der Staudamm, der mich zurückhielt, der Strudel, der mich hinabzog, und die Wassergefühle, in denen ich wieder und wieder ertrank.

Großartig, Einsamkeit, wirklich großartig, wie du das geschafft hast.

Deine kalten Besuche. Wenn die Wände mich auslachten und die Buchstaben der Bücher Ausgang hatten.

Jeder Vogel, der am geschlossenen Fenster vorbeiflog, zeigte mir die lange Nase.
Die Stille, die ohrenbetäubender Krach war, dass ich mein eigenes Rufen nicht hörte.
Ein Blick hätte mich retten können. Ein Blick! Du wolltest mir wohl beweisen, dass ich nichts mehr zu suchen hätte. Dass es niemanden gibt, der mir einen Mondballon schenken würde.
Kannst du dich erinnern, wie ich mit einer Schere durch die Straßen gelaufen bin und alle Blicke durchgeschnitten habe? Ich stach ein Loch in die Sonne, damit sie mich nicht mehr wecken konnte. Und dem Mond wollte ich an die Kehle, damit er mir nichts mehr von der Liebe erzähle.
Nur dich, grausame Einsamkeit, habe ich nicht zu fassen gekriegt. - Welch ein lustiges Versteckspiel!
Aber damals bist du ein bisschen zu weit gegangen. Du hattest mir zu sehr vertraut. Damals habe ich nämlich schon bei 76 geschaut, nicht erst bei 100. Ja, bei 76, liebe Einsamkeit, drückte mir der Wind die Fensterläden auf, die ich wegen dir so fest verschlossen hatte. Und bei 76 sah ich sie: die Liebe.
Und ich spürte, was ich so lange nicht gespürt hatte. Ich wusste in diesem Moment, dass ich nur meine Blicke losschicken musste. Die würden davonjagen, einholen, festhalten. Ich jagte, holte ein, hielt fest. Nicht sehr fest - lieb fest.
Aber das verstehst du nicht: Näherrücken, Atem spüren. Worte, die man nicht erst suchen muss. Gedanken, die sich in einem Blick auf die Reise machen und mit einem Lächeln zurückkommen. Hast du mich einmal angelächelt???
Siehst du!!!
Einsamkeit, ich habe solange keine anderen Hände, als die meinen, mehr gespürt. Es war so schön, wie sich meine Finger davonmachten und mir eine Gänsehaut zurückbrachten.
Oh, Einsamkeit, ich bin so glücklich.

Vielleicht nur für eine Stunde, einen Tag, für eine Woche: Ein Augenblick Liebe ist ein kleines Stückchen Unendlichkeit.
Deshalb schreibe ich dir ja auch, bevor ich abreise. Denn wer weiß, ob ich nicht schon morgen wieder vor deiner Türe stehe, um mich bei dir zu verstecken. Wir wollen uns nicht verkrachen. Manchmal braucht man dich; doch nur um zu sehen, wie schön es ohne dich ist.
Wenn du jetzt hochsiehst, Einsamkeit, siehst du vielleicht das rosa Wölkchen auf dem blau gestrichenen Himmel dahinschweben. Das sind WIR.
Wir haben uns eine Sonne ausgeschnitten, damit uns bei Gänsehaut nicht friert. Und einen Mond haben wir auch, der singt die Melodien zu unseren Texten.
An Gewitter haben wir vorerst noch nicht gedacht, aber selbstverständlich werde ich dich benachrichtigen, sollte Regen aus unserer Wolke fallen.
Doch ... sei so gut und rechne nicht damit.
Wahrscheinlich wirst du mich längere Zeit nicht besuchen können - du weißt, die Liebe wird hier sein, und - du würdest stören.
Sei nicht allzu traurig.

Dein Märchen

In dieser Nacht geschieht Seltsames.
Die Bewohner der alten Kiste kehren nicht mehr zurück.
„Auf Freunde!“ ruft die Prinzessin, die nicht länger in Brokatgewändern auf die Ankunft wunderschöner Prinzen warten will.
„Nieder mit den kostümierten Kasperln!“ heißt die Parole der Hexen, die es satt haben, sich auf den Kopf hauen zu lassen.
„Freiheit!“ verlangt die Gewerkschaft der Feen, die sich aus ihrem Drei-Wünsche-Gefängnis befreien wollen, um sich endlich mal ihre eigenen zu erfüllen.

Und in dieser Nacht geschieht es, dass man aus allen Märchenbüchern rosa Wölkchen in den blau gestrichenen Himmel aufsteigen sieht.

Martin Bauschke

Die vier Steine

Es lebte einst ein junger Mann, der hieß Berend und war aus königlichem Geschlecht. Seine Vorfahren verarmten allerdings so sehr, dass es zuhause oftmals am Nötigsten fehlte. Doch da Berend von anmutigem Äußeren war, wohl erzogen, und eine gewinnende Art an sich hatte, beschloss sein Vater, ihn mit einer reichen Kaufmannstochter zu verheiraten, die bereits ein Auge auf ihn geworfen hatte.
Als Berend von den Plänen seines Vaters erfuhr, verließ er heimlich in der Nacht sein Elternhaus, denn er wollte nicht den Rest seines Lebens hinter einem Ladentisch stehen, kaufen und verkaufen, rechnen und Geld zählen, wie es das Gewerbe der Kaufleute erfordert. Ihn hungerte vielmehr nach Wissen und Weisheit, ihn dürstete nach Erkenntnis und Erfahrung des Lebens, ihn verlangte nach dem, was ihm zuhause versagt geblieben war.
So zog Berend in die Welt hinaus und durchwanderte sie manches Jahr. Er mehrte sein Wissen, wo er konnte; in den öffentlichen Bibliotheken der großen Städte las er Bücher. Er beobachtete die Menschen, unterhielt sich lange mit ihnen, um von ihnen zu lernen, ohne allzuviel an seinen häufig leeren Magen zu denken. Schließlich kam Berend in eine Stadt, über die ein König mit milder, freundlicher Hand regierte.
Als er sie durch das Haupttor betrat, fügte es sich, dass eine junge Frau an ihm vorüberkam. Sie saß auf einem prachtvollen Schimmel und ritt einem kleinen Gefolge voran. Berend sah sie an, und es zog ihm das Herz zusammen, so sehr, dass es ihn fast schmerzte. Lange starrte er hinter ihr her. Schließlich wandte er sich um und fragte den nächstbesten Bürger der Stadt, wer denn diese Frau sei.

„Das ist Rianna, die Tochter des Königs. Täglich reitet sie mit ihrem Gefolge aus“, bekam er zur Antwort.
Berend setzte sich unter den Bogen des Tores und wartete die Rückkehr der Königstochter ab. Er wusste nicht, wie lange er so dagesessen war, doch plötzlich spürte er ihr Kommen. Sofort war er hellwach und sprang auf. Lächelnd, mit geröteten Wangen, ritt sie auf ihrem Schimmel an ihm vorüber.
Wieder zog sich Berend das Herz so sehr zusammen, dass es ihm beinahe wehtat, und er meinte, es würde aufhören zu schlagen. Aber es schlug nur um so schneller. Er folgte der Königstochter von Ferne bis an das Tor des Schlosses.
Von nun an wartete Berend täglich unter dem Bogen des Tores auf die vorüberreitende Königstochter, so sehnte er sich nach ihrem Anblick. Schließlich hielt er es nicht länger aus, sie einfach nur tatenlos anzustarren, und er nahm sich vor, bei ihrem Vater um Rianna zu werben, koste es was es wolle.
Gleich am nächsten Morgen ging Berend zum König. Als er vor ihm stand, sich verbeugt und dann seine Werbung vorgebracht hatte, entgegnete dieser: „Du bist, edler Fremdling, nicht der erste, der sich in meine Tochter verliebt, und der letzte wirst du möglicherweise auch nicht sein. Du musst wissen, dass es zwei Bedingungen gibt. Wer nicht alle beide erfüllen kann, der erhält die Hand meiner Tochter nicht.“
„Welche sind es?“ wollte Berend sogleich wissen, neugierig und nun doch etwas besorgt, ob er die Bedingungen wohl erfüllen könnte, so allein und mittellos wie er war.
„Die erste Bedingung wird dich vielleicht überraschen“, sprach der König weiter, „aber so ist es von alters her Gesetz in meiner Stadt. Es fordert zuallererst das Einverständnis meiner Tochter. Sie will jedem Freier vorher in die Augen sehen. Wenn sie ja zu dir sagt, wird sie dir die zweite Bedingung selber nennen. Wagst du es, dich ihren Augen zu stellen? Dann werde ich sie rufen lassen.“

Berend konnte es kaum glauben, dass Rianna ihm im nächsten Augenblick gegenüberstehen würde. Stumm nickte er. Da verließ der König den Saal. Nach einiger Zeit öffnete sich die Tür, und Rianna trat ein. Dann stand sie vor ihm.
Berend vergaß, sich vor ihr zu verneigen, sie auch nur zu grüßen. Denn sie sah ihn an. Er spürte nicht mehr, wie sich sein Herz zusammenzog. Er fühlte nicht länger das Verstreichen der Zeit. Vergessen waren Hunger und Durst. Wie weggeblasen waren auch die Zweifel, die ihn soeben befallen hatten, ob er wohl die Bedingungen erfüllen könnte. Berend sah nur in ihre Augen, und er meinte, in ihnen zu ertrinken. Sie waren tief wie ein Brunnen, und sie leuchteten so grün wie ein Smaragd.
Er wusste später nicht zu sagen, wie lange sie einander wortlos angeblickt hatten, bis Rianna schließlich ein einziges Wort sprach: „Ja."
Berend traute kaum seinen Ohren. Sie hatte tatsächlich ja zu ihm gesagt!
Es war ihm, als tanzten Schmetterlinge in seinem Bauch. Jetzt erst spürte er wieder sein Herz. Es weitete sich in seiner Brust, so groß war das Glück, das er auf einmal empfand. Tief atmete er ein und sprach dann zu Rianna: „Du ahnst nicht, was dein Ja für mich bedeutet. Bitte, sage mir schnell, welches ist die andere Bedingung, die ich erfüllen muss?"
„Nur Geduld, es hat keine Eile. Es wird dir reichlich Zeit gegeben, die zweite Bedingung zu erfüllen", antwortete die Königstochter. Dann hob sie ihre rechte Hand.
„Siehst du diesen Ring an meinem Finger? Seine Fassung ist für vier edle Steine gemacht, die verloren gegangen sind. Diese Steine sollst du suchen und mir bringen. Jeder Stein gibt dir die Antwort auf eine Frage, die ich dir stellen werde. Bringst du mir den Stein zur rechten Zeit, und passt er in die Fassung, so werde ich dir die nächste Frage stellen, so lange, bis mein Ring wieder alle seine Steine hat. Dann erst kann ich deine Werbung annehmen."

„Ich bin einverstanden. Wieviel Zeit bekomme ich?“ fragte Berend.
„Für jeden Stein hast du ein Jahr Zeit. Willst du dich auf die Suche machen?
„Ja.“
„Also, höre die erste Frage. Sie lautet: Was ist heilig? Finde den Stein, der die Antwort enthält, und bringe ihn mir binnen Jahresfrist.“
„Doch woran soll ich den rechten Stein erkennen?“, rief Berend. Er kannte sich mit edlen Steinen gar nicht aus.
„Das musst du selber herausfinden, lieber Freund“, sprach die Königstochter. „Ich wünsche dir viel Glück, bis wir uns wiedersehen.“
Berend verließ das Schloss und ging zurück zum Stadttor, wo er sich in den Schatten setzte. Verwirrt und ratlos brütete er vor sich hin. Er hatte nicht die geringste Ahnung, wo er mit dem Suchen anfangen sollte. Er wusste nicht einmal, nach welchem Stein er überhaupt suchen sollte. Nie hatte er davon gehört, dass Steine Fragen beantworten könnten. Wer oder was mochte wohl ‘heilig‘ sein?
Berend befragte die Priester in den verschiedenen Tempeln der Stadt. Die einen sagten, das Gesetz sei heilig; andere behaupteten, die Tradition. Wieder andere meinten, die Seele sei das Heilige im Menschen. Ihre Antworten widersprachen sich und überzeugten Berend nicht. Niemand von ihnen hatte je von Steinen gehört, die diese Frage beantworten könnten.
Da ging Berend zu den Kaufleuten, die mit edlen Steinen handelten. Die wussten ihm viel von Steinen zu erzählen, und dass es so manche heilige Steine gäbe. Doch Fragen könnten Steine nicht beantworten. Wie sollte das auch zugehen?
So verging mit Suchen und Fragen nahezu ein Vierteljahr. Immer noch lebte Berend in der Stadt der Königstochter. Er mochte sie nicht verlassen, um anderswo nach dem Stein zu suchen.
Als Berend wieder einmal im Schatten unter dem Tor saß und auf Rianna wartete, ging eine alte Frau an ihm vorüber, die einen schwe-

ren Korb trug. Sie blieb vor ihm stehen, wischte sich den Schweiß von der Stirn und ordnete ihr schönes, weißes Haar. Dann wandte sie sich Berend zu und sprach: „Willst du mir den Korb nach Hause tragen? Du wirst es nicht bereuen."
Berend war wohlerzogen genug, um zu wissen, dass er der Alten eigentlich diesen Gefallen tun sollte. Aber in ihm brannte die Sehnsucht, auch nicht ein einziges Mal den Anblick seiner Schönen zu versäumen. Wer weiß, wo die alte Frau wohnte, und wann er wieder zurückkäme? So tat er, als ob er nichts gehört hätte, stand auf und entfernte sich ein wenig vom Tor. Die Alte aber nahm ihren Korb und ging davon.
Am folgenden Tag, an dem Berend einmal mehr vergeblich nach dem Stein mit der Antwort gesucht hatte, saß er wieder unter dem Bogen des Tores und wartete auf die Königstochter. Erneut kam die alte Frau des Wegs und setzte in seiner Nähe ihren Korb nieder. Wie am Tag zuvor, wischte sie sich den Schweiß von der Stirn und ordnete ihr schönes, weißes Haar. Dann sprach sie Berend mit den selben Worten an: „Willst du mir den Korb nach Hause tragen? Du wirst es nicht bereuen."
Sogleich dachte Berend an das, was er versäumen könnte, wenn er mit der Alten mitginge. Wortlos stand er auf und entfernte sich ein Stück weit. Die Alte so stehenzulassen, tat ihm in der Seele weh. Doch um nichts in der Welt wollte er den Anblick Riannas auch nur ein Mal missen. Die Alte nahm ihren Korb und ging davon.
Am dritten Tag beschloss Berend, an einer anderen Stelle, etwas außerhalb der Stadt, auf die Königstochter zu warten, auch wenn es dort nicht so kühl und schattig war wie unter dem breiten Bogen des Tores. Er wollte der alten Frau auf keinen Fall wieder begegnen. Kaum hatte Berend das Tor durchschritten, als er sie schon auf sich zukommen sah. Schwer trug sie an ihrem Korb. Als sie bei Berend angekommen war, stellte sie den Korb vor ihn hin auf die Erde. Wieder wischte sie sich den Schweiß von der Stirn und ordnete ihr Haar.

Sie sprach kein einziges Wort. Dann ging sie weiter, auf das Stadttor zu. Berend aber nahm, ohne sich noch einmal zu besinnen, den Korb und folgte ihr in die Stadt hinein, durch ein endloses Gewirr von Gassen, bis zu ihrem Häuschen. Als er den Korb abgestellt hatte und schnell zurückeilen wollte, sprach die Alte: „Bleibe noch hier! Du wirst nichts versäumen."
Ihre Stimme klang entschieden, so dass Berend nicht wagte, sich zu widersetzen. Er trat ins Innere des kleinen Hauses. In der Küche gab ihm die Alte etwas zu trinken, ein kühles, wohlschmeckendes Getränk. Das erquickte ihn und machte ihn zugleich so müde, dass er schnell in einen tiefen Schlaf sank. Im Traum sah er, wie er hoch oben auf dem Gipfel eines Berges stand und im Licht des Mondes einen Stein in Händen hielt. Da leuchtete plötzlich ein Wort auf, doch er konnte es nicht lesen, so sehr er es auch versuchte ...
Als Berend erwachte, fand er sich im Häuschen der Alten liegen, auf einer einfachen Matte. Es war früh am Morgen. Die Alte saß in der Küche am Feuer. Er erzählte ihr von seinem Traum. Weil er schon am Erzählen war, berichtete er ihr auch von der Königstochter und den vier Steinen mit den Antworten, die er für sie finden musste, wenn er sie gewinnen wolle. Nun sei er schon drei Monate auf der Suche und wisse nicht mehr ein noch aus.
Die Alte hatte ihm zugehört, ohne ihn zu unterbrechen. Nun aber sprach sie: „Habe ich dir nicht gesagt, dass du es nicht bereuen würdest, mir den Korb zu tragen? Ich will dir einen Rat geben, den du annehmen kannst, wenn du möchtest. Allerdings musst du bereit sein, vorübergehend die Stadt zu verlassen. In dieser Zeit wirst du Rianna nicht sehen. Bist du dazu bereit?"
Berend ahnte, dass er wohl keine andere Wahl hatte. Zögernd sagte er: „Ja."
„Keine Angst. Dieser Verzicht macht dich nicht ärmer, sondern reicher. Gehe Richtung Norden ins Gebirge, das eine Tagesreise weit von dieser Stadt beginnt, und steige hinauf auf den höchsten Berg.

Dort oben, auf dem Gipfel, wirst du einen Bergkristall finden. Wenn du diesen in das Licht des vollen Mondes hältst, wirst du die Antwort darin lesen können. Diesen Kristall bringe der Königstochter. Gehe nun und steige in die Höhe. Wann immer du aber im Zweifel bist darüber, ob du den rechten Stein gefunden hast, lege ihn auf dein Herz. Denn dein Herz weiß die Antwort, die du selber nicht weißt."

Berend dankte der Alten und verabschiedete sich von ihr. Voll neuer Hoffnung verließ er die Stadt und ging nach Norden. Schon bald kam er in die Berge. Immer weiter wanderte er, immer höher hinauf, bis er nach einigen Tagen endlich auf dem Gipfel des höchsten Berges stand.

Er konnte sich nicht sattsehen an all dem, was er von hier oben sah. Sein eigenes Leben kam ihm plötzlich klein und unbedeutend vor. Fern am Horizont erkannte er die Stadt des Königs. Berend begann, nach dem Bergkristall zu suchen.

Es war bereits Abend geworden, und ein voller Mond ging eben auf. Drei Bergkristalle hatte Berend gefunden, die ihm alle die rechten zu sein schienen. Als der Mond allein sein Licht am Himmel verbreitete, hielt er die Bergkristalle in sein weißes Licht. Da leuchtete in jedem der drei Steine ein Wort. Berend las 'Gesetz', 'Liebe' und 'Religion'. Doch welches war nun die richtige Antwort auf die Frage, was heilig sei? Wie sollte er den rechten Kristall erkennen?

Er legte sich an einer windgeschützten Stelle hin. Wieder und wieder nahm er die drei Bergkristalle, hielt sie in das Mondlicht, las die Worte, bis er sie schließlich alle drei auf seine Brust legte und einschlief.

Am nächsten Morgen bemerkte Berend, dass zwei Steine von seiner Brust herabgerollt waren, während der dritte immer noch auf seinem Herzen lag. Da freute er sich, denn nun wusste er, welches der rechte Stein war. Berend nahm ihn und hielt ihn in das Licht der Sonne. Aber er konnte das Wort nicht erkennen. Er steckte den Stein in die rechte Tasche; die beiden anderen in die linke. Dann machte er sich auf den Rückweg. Er ging so schnell er konnte, weil es ihn mächtig hinzog zur Tochter des Königs. Unterwegs plagten ihn die Zweifel, ob der Kristall in seiner rechten Tasche wirklich der rechte Stein sei. Doch alle drei Steine nochmals miteinander auf seine Brust zu legen während der kommenden Nacht, wagte er nicht. Als der volle Mond wieder aufgegangen war und Berend den Stein aus seiner rechten Tasche nahm und in das Mondlicht hielt, las er das Wort 'Liebe'. Er steckte den Bergkristall wieder in die Tasche. Die beiden anderen Steine aber warf er weg.

Als Berend in die Stadt zurückkehrte, ging er geradewegs in das Schloss und fragte nach der Königstochter. Als sie endlich vor ihm stand, zog sich sein Herz wieder vor Freude zusammen. Es waren gut drei Monate vorübergegangen, seit er zuletzt mit Rianna gesprochen hatte. „Sieh her, da habe ich dir den ersten Stein gebracht."

Rianna nahm den Bergkristall in die Hand, und er gefiel ihr sehr. „Und wie heißt die Antwort auf die erste Frage?"

„Die Antwort des Kristalles lautet: Heilig ist die Liebe."

Da glitt ein Lächeln über Riannas Züge. Sie setzte den Bergkristall in die Fassung ihres Ringes, und er passte. Es war Berend, als tanzten Schmetterlinge in seinem Bauch. Er sah Rianna an: „Nenne mir nun die zweite Frage."

Die Königstochter antwortete: „Die zweite Frage lautet: Was ist jenseits von Gut und Böse? Finde den Stein, der die Antwort enthält, und bringe ihn mir binnen Jahresfrist. Glück sei mit dir auch diesesmal, lieber Freund!"

Erneut brachte Berend viele Wochen damit zu, nach dem Stein und der Antwort zu suchen. Er fragte die Dichter. Die sagten, allein die Schönheit sei jenseits von Gut und Böse. Die Flötenspieler auf der Straße meinten, die Musik sei die rechte Antwort, weil nur sie alle guten und schlechten Gedanken vertreiben könne. Die Träumer aber behaupteten, allein das Paradies sei jenseits von Gut und Böse.

Berend ging wieder zu den Edelsteinhändlern. Die konnten ihm zwar von einigen guten und bösen Steinen erzählen, nichts jedoch über einen Stein, der jenseits von Gut und Böse sei. Trotz seiner Suche versäumte Berend an keinem Tag, sich unter den Bogen des Tores zu setzen und darauf zu warten, bis Rianna an ihm vorübergeritten käme. Sie zu sehen, wurde ihm wie das tägliche Brot.

So verging nahezu ein halbes Jahr, ehe sich Berend der alten Frau mit dem schönen, weißen Haar erinnerte. Sie würde ihm vielleicht auch bei der zweiten Frage helfen können. Sofort machte sich Berend auf den Weg in das Labyrinth der zahllosen kleinen Gassen der Stadt, um nach dem Häuschen der Alten zu suchen. Er brauchte lange, bis er es endlich gefunden hatte. Doch als er an die Türe klopfte, öffnete ihm niemand. Berend setzte sich neben die Tür. Kaum war einige Zeit vergangen, da kam sie die Gasse herauf, mit einem Korb in der Hand. Erfreut sprang Berend auf und lief ihr entgegen, um ihr den Korb abzunehmen.

„Hier bin ich wieder, verehrte Frau", sprach er sie an, „ich weiß nicht, ob Ihr Euch ..."

Die Alte lächelte ihn nur an. Berend beeilte sich, ihr zu danken für den guten Rat. Er erzählte ihr, dass er fündig geworden sei, und der Bergkristall tatsächlich gepasst habe.

„Nun bin ich auf der Suche nach einem Stein, der mir die Frage beantwortet: Was ist jenseits von Gut und Böse? Könnt Ihr mir vielleicht ein zweitesmal helfen?"

Sie waren inzwischen in das Häuschen der Alten getreten und wieder bereitete sie ihm ein Getränk. Sie reichte ihm den Becher und sagte: „Bleib' über Nacht und ruhe dich aus. Morgen werde ich dir sagen, wo du den Stein finden kannst."

Berend trank den Becher aus. Sogleich fiel er wieder in einen tiefen Schlaf. Ihm träumte, dass er an einem Bach stünde und mit den Kieselsteinen spielte. Plötzlich fiel die Sonne auf einen Opal, und in ihm leuchtete ein Wort auf ...

In diesem Moment erwachte Berend. Es war noch früh am Morgen. Die Alte saß am Feuer in der Küche. Als er ihr seinen Traum erzählt hatte, sagte sie zu ihm: „Verlasse die Stadt und gehe eine Tagesreise weit in Richtung Westen. Gegen Abend wirst du an den Rand eines großen Waldes kommen. Durch diesen wanderst du so lange, bis du an einen Bach gelangst. Dort wirst du einen weißen Opal finden. Den musst du in das Licht der Sonne halten, genau um die Mittagszeit. Dann wirst du das Wort lesen können, nach dem du suchst. Diesen Opal bringe der Königstochter. Gehe nun und schreite in die Weite. Wann immer du aber im Zweifel bist darüber, ob du den rechten Stein gefunden hast, lege ihn auf dein Herz. Denn dein Herz weiß die Antwort, die du selber nicht weißt."

Berend dankte der Alten voller Freude und machte sich auf den Weg. Er ließ die Stadt hinter sich und ging nach Westen, in Richtung des Waldes. Als er ihn erreicht hatte, durchwanderte er ihn einige Tage, bis er schließlich an den Bach gelangte. Er labte sich an dem klaren und kühlen Wasser. Das Plätschern war wie ein Singen von Liedern, dem er gerne zuhörte. Und er vergaß dabei die Zeit. Es weitete ihm die Brust, an diesem friedlichen Ort zu sein.

Er wusste nicht, wie viele Tage und Nächte er bereits an dem Bach verbracht hatte, als ihm eines Morgens drei helle, glänzende Steine auffielen. Es waren drei Opale, einer schöner als der andere.

Berend wartete, bis die Sonne hoch über ihm stand. Dann hielt er den ersten Opal ins Sonnenlicht. Da leuchtete ein Wort auf, das hieß 'Schönheit'. Hatten also die Dichter recht gehabt? Er nahm den nächsten Opal. Im Licht der Sonne las er 'Liebe'. Berend wunderte sich. Wieder war ein Stein der Liebe dabei! Merkwürdig, dachte er. Schließlich hielt er den dritten Opal ins Sonnenlicht. Da wurde das Wort 'Wahrheit' sichtbar. Diese Antwort hatte ihm bislang noch keiner genannt. Berend nahm die Steine und steckte sie sich in die Tasche. Es fiel ihm schwer, sich von diesem wunderbaren Ort mit dem singenden Bach zu trennen.

In der ersten Nacht auf seinem Rückweg legte er die drei Opale auf seine Brust, bevor er einschlief. Am nächsten Morgen waren zwei Steine hinabgerollt ins Moos, auf dem Berend gelegen hatte. Den Stein jedoch, der noch auf seiner Brust lag, den nahm er und küsste ihn. Die anderen beiden Steine ließ er liegen. Als er um die Mittagszeit seinen Opal ins Sonnenlicht hielt, las er das Wort 'Liebe'.

Als Berend in die Stadt zurückkehrte und gerade das Tor durchschritt, kam ihm Rianna entgegen auf ihrem täglichen Ausritt. Heute war sie ganz allein unterwegs. Kurzentschlossen trat ihr Berend in den Weg und rief: „Sieh her, was ich für dich gefunden habe!"

Er hielt den weißen Opal hoch. Die Königstochter zügelte den Schritt ihres Pferdes. „Komm, steige hinter mich aufs Pferd! Dann reiten wir heute gemeinsam aus."

Berend wusste nicht, wie ihm geschah. Er stieg hinter Rianna auf den Rücken des Pferdes, und sie ritten los. Berend umschlang Rianna mit seinen Armen. Er roch den würzigen Duft ihres Haares, und wünschte sich, ewig so weiterreiten zu dürfen. Schließlich machte Rianna halt, und sie saßen ab. Jetzt erst bat sie ihn: „Zeige mir deinen Stein."

Mit klopfendem Herzen reichte Berend ihr den weißen Opal.

„Wie lautet die zweite Antwort?"

„Die Antwort ist dieselbe. Die Liebe ist es, die jenseits von Gut und Böse ist."

Rianna lächelte, und sie sah Berend an. Dem schien das Herz zu zerspringen, so wild schlug es in seiner Brust. Rianna setzte den Opal in die Fassung des Ringes. Er passte. Ein Freudenrausch erfasste Berend, und er wäre am liebsten mit Rianna durch die Lüfte geritten, so unsagbar leicht war ihm zumute.

Kaum verspürte er Lust, sich bei der Königstochter nach der dritten Frage zu erkundigen. Hatte er doch ein halbes Jahr gebraucht, um ihr diesen zweiten Stein zu bringen. Er wollte sie nicht schon wieder verlassen müssen. Weil Rianna nichts weiter sagte, schwieg auch er

und genoss den Augenblick, ein glücklicher Finder zu sein.
Sie ritten in die Stadt zurück. Als sie vor dem Tor des Schlosses ankamen, bat Rianna ihn abzusteigen und sagte: „Lieber Freund, du hast mir zwei Steine wiedergegeben. Ja, ich wünsche mir sehr, dass du auch die beiden anderen finden wirst. Die dritte Frage lautet: Wofür lohnt es sich zu leben? Finde den Stein, der die Antwort enthält, und bringe ihn mir binnen Jahresfrist. Das Glück sei dir auch weiterhin hold."
Wieder ging Berend auf die Suche. Er fragte die Menschen der Stadt, wofür es sich zu leben lohne. Die Geschäftstüchtigen sagten ihm: Geld und Güter, für die lohne sich der Schweiß. Die Ehrgeizigen antworteten ihm, Erfolg zu haben sei der Sinn des Lebens. Die Verantwortungsbewussten hingegen meinten, allein die Pflicht ihrer Aufgabe und ihren Vorgesetzten gegenüber sei der beständige Inhalt des Daseins.
Alle diese Antworten befriedigten Berend nicht. Also suchte er auch die Philosophen der Stadt auf, die er bereits von ihren Büchern her kannte. Einer riet ihm, nach immer größerer Weisheit zu streben, das sei der einzige unvergängliche Sinn des Lebens. Ein anderer, der ein berühmter Mystiker und Meditationslehrer war, sagte ihm, die Erleuchtung sei der wichtigste Lebenszweck des Menschen.
Manche unter den Politikern und Ministern, mit denen Berend sich heimlich traf, vertrauten ihm in weinseligen Stunden an, dass sie, innerhalb der Grenzen der Vernunft und der Vorsicht, nach Macht strebten. Nur die Macht mache das Leben wirklich interessant.
Berend begab sich wieder zu den Edelsteinexperten und fragte sie nach dem Stein der Weisen oder einem Stein des Sinns, doch sie wussten ihm keinen mit Eindeutigkeit zu benennen. So verging mehr als ein halbes Jahr. Immer noch setzte sich Berend täglich unter den Bogen des Stadttores und wartete darauf, dass Rianna an ihm vorübergeritten käme. Er sah sie jeden Tag, und ihm fiel auf, dass sie nur noch ohne Gefolge ausritt. Er wagte es jedoch nicht, ihr ohne

den Stein in den Weg zu treten, obwohl er für sein Leben gerne wieder mit ihr ausgeritten wäre.
Berend hatte in der langen Zeit des Suchens und Fragens nach dem dritten Stein keineswegs die weißhaarige Alte vergessen. Er hatte sich vorgenommen, sie erst aufzusuchen, wenn er die Antwort nicht selber herausfände. Und eilig hatte er es damit inzwischen nicht mehr - er wusste eigentlich selbst nicht warum. So ergab es sich, dass er erst nach einem dreiviertel Jahr zu dem Häuschen der Alten ging, weil er tatsächlich nichts herausgebracht hatte. Alle Welt hatte ihm auf sein Fragen eine andere Antwort gegeben; viele wussten überhaupt nicht, wofür es sich zu leben lohne. In seltenen Augenblicken blitzte in seinem Herzen der Gedanke auf: „Die Liebe ist's!" Aber er fand nicht den Mut, die Liebespaare zu fragen, die er hin und wieder auf der Straße oder in den Kaffeehäusern sah.
Die Alte war offenbar nicht zuhause, und Berend beschloss, wieder auf sie zu warten. Doch sie kam nicht. Es war bereits Abend geworden. Berend klopfte noch einmal an die Tür, diesesmal laut und energisch. Er drückte die Klinke, und erst jetzt bemerkte er, dass die Tür nicht abgeschlossen war.
„Ist jemand zuhause?" rief er mehrmals laut. Niemand antwortete. Berend betrat das Häuschen und suchte überall vergeblich nach der Alten. Schließlich setzte er sich neben den Herd. Aus einer Karaffe schenkte er sich etwas zu trinken ein. Während er den Becher langsam leerte, fragte er sich, wie er jetzt ohne die Alte den dritten Stein finden sollte. War nun vielleicht alles zuende? Bleierne Müdigkeit überfiel ihn.
Im Traum hörte er die Stimme der Alten: „Du sollst es nie bereuen, zu mir zu kommen, auch wenn ich nicht zuhause bin. Verlasse die Stadt und gehe in südlicher Richtung, bis du zu einer Höhle kommst. In ihr wirst du einen Rubin finden. Den wirf ins Feuer, bis er anfängt zu leuchten. Dann wirst du die Antwort lesen können, nach der du suchst. Diesen Rubin bringe der Königstochter.

Gehe und krieche in die Tiefe! Wann immer du aber im Zweifel bist darüber, ob du den rechten Stein gefunden hast, lege ihn auf dein Herz. Denn dein Herz weiß die Antwort, die du selbst nicht weißt."
Als Berend am nächsten Morgen in der Küche erwachte, klangen ihm die Worte der alten Frau so deutlich in den Ohren, als hätte sie hier am Küchentisch zu ihm gesprochen. Er verließ das Häuschen, erwarb eine Fackel, und machte sich dann auf den Weg. Tagelang wanderte er Richtung Süden, bis er schließlich zu der Höhle kam. Ihr Eingang war umstellt von einigen Ebereschen. Obwohl er müde war, konnte er nicht schlafen. Der Wind rauschte in den Zweigen und spielte mit den Blättern der Ebereschen.
Am nächsten Morgen entzündete er die Fackel und betrat die Höhle. Die Decke wölbte sich über ihm so rund und vollkommen, dass sie ihn an die Kuppel einer Moschee erinnerte. Gerne stand er in diesem großen Raum, der ihn von allen Seiten umschloss, ohne ihn einzuengen. Tief atmete Berend auf. Er begann, den Boden der Höhle abzusuchen, aber nirgends konnte er einen Rubin finden.
Doch war da noch ein kleiner Gang, den ging er entlang. Sacht führte er abwärts. Er war hoch genug, dass er leicht gebeugt darin gehen konnte. Er gelangte in eine zweite Höhle. Sie war viel kleiner als die erste und ebenso rund. In ihr war es warm. Aber auch hier fand Berend nirgendwo einen Rubin. Schließlich entdeckte er einen schmalen Gang, der so niedrig war, dass er würde kriechen müssen, um hineinzukommen. Berend war unentschlossen, was er nun tun sollte. Irgendwann würde seine Fackel abgebrannt sein, und ohne Licht wollte er auf keinen Fall in dunklen, unbekannten Gängen herumkriechen.
Da erinnerte er sich plötzlich an Riannas Lächeln, das über ihr Gesicht geglitten war, als er ihr den Opal gebracht hatte. Sein Herz zog sich ihm vor Sehnsucht zusammen. Ohne länger zu zögern, kroch er in den engen Gang. Er war noch nicht weit gekommen, als er den ersten Rubin fand, und gleich darauf einen zweiten. Bald hatte Be-

rend fünf Steine gefunden und wollte wieder umkehren. Da sah er in der Ferne ein rötlich scheinendes Licht. Neugierig kroch er weiter, um zu sehen, was das sei. Der Gang endete in einer Höhle, die noch kleiner war als die vorherige. Sie war kaum hoch genug, dass Berend darin stehen konnte. Auch diese Höhle war rund und schön. In ihrer Mitte brannte ein helles Feuer, und es war sehr warm.

Berend löschte seine Fackel und setzte sich ans Feuer. Er nahm die fünf Rubine und warf sie hinein. Lange starrte er ins Feuer und sah dem verspielten Tanzen der Flammen zu. Allmählich vergaß Berend die Zeit und sich selbst.

Er musste wohl eingeschlafen sein, denn als er die Augen öffnete, war es beinahe finster in der Höhle. Das Feuer war niedergebrannt, aber die Asche glühte noch. In ihr lagen die Rubine. Zwei von ihnen waren in der Hitze zersprungen. Die drei anderen waren noch heil, und in jedem leuchtete ein Wort auf. 'Macht' las er, 'Liebe', und 'Weisheit'.

„Wieder die Liebe", wunderte sich Berend, „das ist merkwürdig. Kann der Stein der Liebe immer der richtige sein?"

Vorsichtig holte er mit einem Stock die drei Rubine aus der glühenden Asche und steckte sie sich in die Tasche.

Als Berend wieder ins Freie trat, war es bereits Nacht. Er ließ sich bei den Ebereschen nieder. Die drei Rubine legte er sich auf die Brust. Als er am anderen Morgen aufwachte, waren zwei Steine zu Boden gerollt und nur ein Rubin lag noch auf seinem Herzen. Den nahm Berend in die Hand; die anderen beiden jedoch steckte er in die Tasche.

Es war bereits mehr als ein dreiviertel Jahr vergangen, seitdem Berend auf die Suche nach dem dritten Stein gegangen war. Doch nun war er sich weniger denn je sicher, ob er wirklich den richtigen Stein in Händen hielt. Die beiden anderen Rubine hatte er immer noch bei sich. Denn er traute nicht mehr so recht der Stimme seines Herzens.

„Warum sollte es sich nicht irren können? Es kann doch nicht immer dieselbe Antwort sein", sprach er zu sich selbst. Wiederholte Male hatte er unterwegs, wenn er abends rastete, die Rubine ins Feuer geworfen, damit der eine oder andere noch zerspringe und ein einziger übrigbliebe. Doch sie widerstanden alle der Hitze des Feuers. Nacht für Nacht legte er sie auf seine Brust, und jeden Morgen waren zwei zu Boden gefallen.

Nach der letzten Nacht waren sogar alle drei am Boden gelegen.

Als Berend schließlich in die Stadt zurückkehrte, ging er geradewegs zu dem Häuschen der Alten. Die Tür stand offen; sie war zuhause. Erfreut begrüßte Berend sie, und er erzählte ihr von seiner Suche nach den Rubinen und von seinen Zweifeln: „Wie soll ich den rechten Stein herausfinden? Es kann doch im Leben nicht immer die Liebe die Antwort auf alle Fragen sein!"

Die Alte nickte und sagte: „Du hast recht. Nicht immer ist die Liebe die Antwort auf unsere Fragen. Nicht immer kann sie uns heilig sein oder ist sie das Ziel, nach dem wir suchen. Aber manchmal gibt es keinen Weg an ihr vorbei. Dann versuchen wir, vor ihr unser Herz zu verschließen und uns an ihr vorbeizumogeln. Weißt du, die Liebe ist sehr hellsichtig und sehr hellhörig. Sie hat einen längeren Atem als wir meinen. Sollte das, was deiner Seele heilig ist, sollte das, was jenseits ist von dem, was Menschen gut und böse nennen - sollte das nicht gerade der Sinn deines Lebens sein?"

Berend gab ihr keine Antwort.

Die Alte sprach weiter: „Vertraue lieber der Stimme deines Herzens, als der Stimme deiner Vernunft. Denn die Vernunft ist neidisch auf die Liebe. Gibt es denn einen vernünftigen Grund dafür, dass du diese vier Steine für die Königstochter suchst, und das auch noch über Jahre hinweg?"

Darauf legte sie ihm einen der drei Rubine in die Hand; die beiden anderen jedoch warf sie in das Feuer ihres Herdes, in dem sie sogleich zersprangen.

Halb ermutigt, halb zweifelnd ging Berend von der Alten fort. Am nächsten Tag setzte er sich wieder unter den Bogen des Tores, um auf Rianna zu warten. Doch die Stunden verrannen, und die Königstochter kam nicht.

Als es bereits Abend geworden war, befiel ihn eine große Unruhe. So fragte er einen Bettler, der nicht weit von ihm saß, nach ihr. Der Mann antwortete, er hätte die Königstochter seit Tagen nicht mehr gesehen.

Berend eilte, so schnell er konnte, in das Schloss. Auf dem Weg dorthin fragte er noch andere Leute, bis ihm schließlich ein Flötenspieler erzählte, er habe die Königstochter vor etwa einer Woche gesehen, wie sie zu Fuß die Stadt verlassen hätte.

„Zu Fuß?" rief Berend aus.

„Ja."

„Wirklich ganz alleine?"

„Ganz alleine", bestätigte der andere.

„Wohin ist sie denn gegangen, weiß man das?"

„Ich habe sie nicht gefragt", erwiderte der Flötenspieler. Berend dankte ihm, gab ihm eine Münze und eilte weiter.

Trotz der späten Stunde wurde er im Schloss nicht abgewiesen. Der König empfing ihn. Noch ehe Berend sich verneigt hatte und ihn fragen konnte, sprach jener:

„Heute bin ich es, der dich willkommen heißt. Rianna ist vor einigen Tagen weggegangen. Doch ihren Ring hat sie dagelassen. Hast du den Stein, und weißt du die Antwort?"

Berend musste sich zwingen, dem König zu antworten. Eigentlich war er es, der ihn fragen wollte. Mit stockender Stimme sagte er: „Die Antwort ist wieder dieselbe. Liebe ist das, wofür es sich zu leben lohnt. Dieser Rubin hier ist der Stein."

Der König nahm den Stein aus Berends Hand und setzte ihn in die Fassung von Riannas Ring. Der Rubin passte. Berend aber konnte sich kaum darüber freuen. „Was ist mit Rianna? Wisst Ihr, wo sie

hingegangen ist? Und warum zu Fuß, warum alleine?" rief er aus.
Der König antwortete: „Sie hat niemandem gesagt, wohin sie geht. In Riannas Auftrag werde ich dir die letzte Frage stellen. Sie lautet: Wofür lohnt es sich zu sterben? Ein Jahr hast du Zeit, um den Stein zu finden. Dann erwarte Rianna an deinem Lieblingsplatz, unter dem Bogen des Tores. Viel Glück!"
Langsam verließ Berend das Schloss. Es war schon dunkel geworden. Die ersten Sternbilder zogen über den Himmel. Berend setzte sich auf den Rand eines alten Brunnens und labte sich an seinem kühlen, klaren Wasser. Er war traurig und froh zugleich. Rianna nicht gesehen zu haben, sie weit fort zu wissen, irgendwo alleine unterwegs, wog ebenso schwer wie seine Freude darüber, bereits drei der vier Steine gefunden zu haben und der Erfüllung seines Traumes ganz nahe zu sein.
Seltsam: Er hatte die Antwort auf die letzte Frage sogleich auf den Lippen gehabt. Am liebsten hätte er sie sofort hinausgerufen: „Die Liebe!" Hellklar hatte er in diesem Augenblick gesehen. Er hatte verstanden: nur das, wofür es sich zu leben lohnt, kann auch das sein, wofür es sich zu sterben lohnt. Die Frage war nur, wo er den vierten Stein suchen sollte. Sicherlich nicht in der Stadt.
Berend saß die ganze Nacht bei dem Brunnen und dachte nach. Allmählich wurde ihm klar, wohin er nun zu gehen hatte: in Richtung Osten. Dort war er noch nicht gewesen ...
Am folgenden Morgen verließ Berend die Stadt des Königs und wanderte in Richtung Osten, sehr langsam und in Gedanken verloren. Er hing dem Traum der letzten Nacht nach. „Gehe und blicke in dich selbst", hatte eine vertraute Stimme ihm gesagt, „dann wirst du einen Smaragd finden. Vergiss nicht dein Herz dabei. Denn dein Herz kennt den Ort, den du selber nicht kennst."
Nach einigen Tagen kam er an einen See, der glatt und unbewegt wie ein Spiegel vor ihm lag. An seinem Ufer fand er zwei Boote. Er zog eines ins Wasser und ruderte über den See. Kein Windhauch war

zu spüren, keine Welle zu sehen. Spiegelglatt lag die Oberfläche des Sees ausgebreitet. Häufig unterbrach Berend das Rudern, beugte sich über das Wasser und starrte darauf. Er sah sich selbst wie in einem Spiegel: seine Augen, seinen Mund, seine lockigen Haare.
Als Berend auf der anderen Seite des Sees ankam, zog er das Boot an Land. Er setzte sich in den Schatten einer Trauerweide und lehnte sich an ihren Stamm. Versonnen blickte er durch die tiefhängenden Zweige auf den weiten See hinaus. Ob er hier wohl den vierten Stein finden würde?
Lange blieb Berend am Spiegelsee. Er ging in beiden Richtungen am Ufer entlang, ohne einen Smaragd zu finden. Manchmal nahm er das Boot und ruderte auf den See hinaus. Dann blickte er in sein eigenes Spiegelbild, als ob er dort oder auf dem Grund des Sees nach dem Stein suchen müsste. Oft aber saß er nur unter der Weide und sah auf den geheimnisvollen See, über den keine einzige Welle hinging.
Eines Tages war Berend bis zur Mitte des Sees hinausgerudert. Er beugte sich über den Rand des Bootes, noch weiter als sonst. Er sah nicht nur sein Gesicht wie in einem Spiegel, sondern seinen ganzen Oberkörper. Da sah er in sein eigenes Herz. Mitten darin lag ein Smaragd wie in einem Nest. Er hatte die Farbe von Riannas Augen.
Als Berend in sein eigenes Herz sah und darin den gesuchten Stein entdeckte, jauchzte er auf vor Seligkeit, verlor das Gleichgewicht und fiel kopfüber ins Wasser. Er sank in die Tiefe des Sees, und ihm schwanden die Sinne ...
Seine Brust öffnete sich langsam, wie der Kelch einer Blüte, und eine Hand, mit einem Ring am Finger, nahm etwas Funkelndes aus seinem Herzen.
Berend erwachte. Er lag am Ufer des Sees, unter der Weide. Erstaunt starrte er auf den Spiegelsee, der keiner mehr war. Seine Oberfläche war nicht länger unbewegt, sondern viele kleine Wellen gingen über sie hinweg, so als ob der Wind und das Wasser miteinander spielen

gelernt hätten. Endlich schienen auch die Fische im See aufgewacht zu sein. Auch die Vögel spielten das Spiel des Windes und der Wellen mit. Berend freute sich sehr, als er das sah.

Viel später, als er sich erheben wollte und an sich herunterblickte, bemerkte er den Smaragd auf seiner Brust. Er hatte die Farbe von Riannas Augen. Da fiel Berend wieder ein, wie er auf dem See in sein eigenes Herz geblickt hatte und ins Wasser gefallen war. Läge nicht der Smaragd auf seiner Brust, er hätte gemeint, das alles nur geträumt zu haben. Denn auch das Boot lag am Ufer, so wie er es immer an Land gezogen hatte, wenn er von einer Ruderfahrt zurückgekehrt war.

Berend nahm den Smaragd in die Hand und erhob sich. Er ging zum Boot, zog es ins Wasser und ruderte los. Als er am anderen Ufer ankam, wunderte er sich, dass das zweite Boot nicht mehr da war. Sollte er etwa nicht der einzige an diesem See gewesen sein?

Berend wanderte zurück in die Stadt. Er hatte keine Ahnung, wieviel Zeit er an diesem See verbracht hatte. Eine Ewigkeit schien es ihm gewesen zu sein. Dennoch beeilte er sich nicht auf dem Heimweg. Irgendwie hatte er tief in seinem Inneren die Gewissheit, dass er schon zur rechten Zeit am rechten Ort sein würde, und dass er mit diesem Vertrauen niemals im Leben etwas versäumen würde.

Eine Woche vor Ablauf der Jahresfrist kehrte Berend in die Stadt zurück. Zunächst ging er zu dem Häuschen der Alten, weil er ihr danken wollte für alles, was sie für ihn getan hatte. Außerdem hätte er sie gerne gefragt, ob sie wüsste, wer jene Frau gewesen sei, die ihm auf dem Grund des Sees den Smaragd aus seinem Herzen geholt hatte.

Berend konnte das Häuschen der Alten nicht mehr finden. So lange er auch suchte und all die Gassen auf und ab ging, es war spurlos verschwunden. Er fragte die Leute nach der alten Frau mit den weißen Haaren. Aber niemand schien sie zu kennen. Verwirrt gab Berend schließlich die Suche auf. Er ging zurück und setzte sich an seinen Lieblingsplatz, unter den Bogen des Stadttores. Hier wollte er auf die Rückkehr Riannas warten, wie der König es ihm gesagt hatte. Sechs Tage saß Berend unter dem Bogen des Tores. Mit nie gekannter Gelassenheit erwartete er die Königstocher. Während er, die Stadt im Rücken, immerzu hinaus auf die weite Ebene vor der Stadt blickte, spielten seine Hände unablässig mit dem grünen Stein. Manchmal sah er ihn auch lange, lange an, und ihm war, als blickte er in Riannas Augen.

Dann brach der siebte Tag an. Beim Aufgang der Sonne sah er sie kommen. Langsam ging sie auf das Tor zu. Berend hatte sich erhoben. Seine Brust weitete sich, und sein Herz schlug wild und voller Jubel. Dann stand sie vor ihm. Riannas Augen leuchteten so grün wie der Smaragd, den Berend für sie in Händen hielt.

Er reichte ihr den Stein. Als sie ihn betrachtete, konnte er das Wort lesen, das der Smaragd in sich barg: 'Liebe'. Sie, die Liebe war es, für die es sich nicht nur zu leben, sondern auch zu sterben lohnte. Berend nahm den Stein und setzte ihn selber in die Fassung des Rings an ihrer Hand. Er passte. Da erkannte er den Ring wieder, und nun wusste Berend, wessen Hand ihm den Smaragd aus dem Herzen genommen hatte.

Rianna öffnete ihre andere Hand. Darin lag ein zweiter Ring, der ihrem eigenen glich. Ihn schmückten ein Bergkristall, ein Opal und ein Rubin. Der vierte Stein aber war ein Aquamarin. Er hatte das Blau von Berends Augen.

„Nimm diesen Ring, er ist für dich! Seinetwegen bin ich fortgegangen, an all die Orte, an denen auch du gewesen bist. Diese vier Steine habe ich für dich gefunden."

Sie steckte ihm den Ring an seine Hand.

„Und nun lass uns gehen."

Berend und Rianna gingen miteinander durch das Tor und verließen die Stadt.

Sigrid Früh

Der dumme Hansel

Es war einmal ein Wirt, der hatte einen einzigen Sohn, und der hieß Hansel. Dieser war ein großer Tunichtgut und ein Freund aller Laster. Von Arbeiten und Lernen hielt er nicht viel.

Da sprach eines Tages der Vater: „Höre, Hansel! Du bist groß und stark, verstehst aber nichts vom Sinn des Lebens, treibst dich in der Nacht herum und liegst jeden Tag auf der faulen Haut. Du musst jetzt fort von hier und dich in der Welt umsehen, damit du klug und gescheit wirst. Zuvor aber gehst du zum Pfarrer, um zu beichten. Der wird dir auch sagen, wie du dich zu verhalten hast."

„Ja, Vater", erwiderte Hansel, „das will ich tun."

Nachdem Hansel nun gebeichtet hatte, und das war wahrlich nicht wenig, gab ihm der Pfarrer vier Verbote als Beichtbuße mit auf den Weg: Er solle auf seiner Reise und Wanderschaft sieben Jahre lang keinen Wein trinken und auch nichts Gesottenes essen. Weiterhin dürfe er sieben Jahre lang in keinem Federbett schlafen und bei keinem Mädchen liegen.

Der Vater füllte dem Hansel beim Abschied die Börse mit Geld, und so wanderte der frohgemut in die Welt hinaus und lebte herrlich und in Freuden.

Es dauerte aber nicht lange, da war die Börse leer und alles Geld aufgebraucht. Hansel konnte in keinem Wirtshaus mehr einkehren und sah sich genötigt, die Klöster aufzusuchen.

So kam er an einem kalten, nassen Herbstabend, müde und hungrig vor ein Nonnenkloster und bat um ein Unterkommen und die Armenspeise. Die Äbtissin war selbst an der Pforte und betrachtete ihn

genau. Was sie sah, gefiel ihr gut, denn der Hansel war jung, stark und schön und sein Lachen unbeschwert und unbekümmert. Sie ließ ihn gerne ein, ging eine Flasche holen, entkorkte sie, schenkte ihm den Becher voll und sprach, er solle sich erquicken.
„Ach“, seufzte da der Hansel, „der Pfarrer hat mir als Beichtbuße für sieben Jahre den Wein verboten.“
„Hat er dir auch Champagner verboten?“ fragte die Äbtissin.
„Nein“, sagte der Hansel, „den hat er mir nun nicht verboten.“
„Dann trink nur“, ermunterte ihn die Klosterfrau, „denn das hier ist Champagner.“
Hansel kostete mit spitzem Mund, nahm einen kräftigen Schluck und sprach: „Der schmeckt auch nicht schlecht.“
Darauf ließ die Äbtissin einen Braten bringen, zerschnitt ihn mit eigener Hand und nötigte Hansel zum Essen.
„Ach“, sagte dieser, während ihm das Wasser im Munde zusammenlief, „der Pfarrer hat mir als zweite Beichtbuße auferlegt, sieben Jahre kein gesottenes Fleisch zu essen.“
„Hat er dir auch Braten verboten?“ wollte da die Äbtissin wissen.
„Nein“, sagte da der Hansel, „das hat er nicht.“
„So lass es dir nur schmecken“, beruhigte ihn die Äbtissin.
So aßen die beiden zusammen, tranken die Flasche Champagner bis auf den letzten Tropfen und noch eine zweite und auch eine dritte. Dabei wurden sie immer fröhlicher und ausgelassener.
Als endlich die Zeit kam, zu Bett zu gehen, führte die Äbtissin den Hansel in eine Kammer, worin ein schönes, breites Bett stand.
Wie Hansel das aber sah und anfühlte, seufzte er und sprach: „Ach, der Pfarrer hat mir als Beichtbuße auferlegt, sieben Jahre lang in keinem Federbett zu liegen.“
„Hat er dir auch verboten, dich auf Daunen zu betten?“ fragte die Äbtissin.
„Nein“, sagte Hansel, „das hat er mir nicht verboten.“
„So leg dich nur hinein, denn dies hier ist ein Daunenbett“, sprach

die Äbtissin und wünschte ihm eine gute Nacht.
Nachdem Hansel sich entkleidet hatte und in dem weichen Bett lag, klopfte es. Noch bevor der Hansel etwas sagen konnte, öffnete sich die Tür, und die Äbtissin trat zu ihm und fragte, ob er schon schlafe.
„Nein, noch nicht", antwortete Hansel.
Nun soll nicht verschwiegen werden, dass auch die Äbtissin noch jung und schön war, und selbst durch die Kutte hindurch konnte man sehen, dass sie auch wohlgebaut war.
„Rück ein wenig zur Seite", bat sie den Hansel, „und lass mich bei dir schlafen. Das Bett hat Platz für uns beide, und wenn zwei zusammenliegen, wird es in der Nacht niemals kalt. Wie kann ein einzelner warm werden, fragt schon König Salomo."
„Ach", seufzte da der Hansel wieder, „der Pfarrer hat mir als Beichtbuße auferlegt, sieben Jahre lang bei keinem Mädchen zu liegen."
„Hat er dir auch verboten, bei einer Klosterfrau zu liegen?" fragte die Äbtissin und rückte dem Hansel so nahe, dass dem fast Hören und Sehen verging.
„Nein, nein", antwortete er, „das hat er mir nicht verboten."
Und so ließ er die Äbtissin frohen Herzens an seiner Seite schlafen.
Das Leben im Kloster gefiel dem Hansel so gut, dass er seine Wanderschaft nicht mehr fortsetzen wollte. Er sprach bei sich: „Was soll ich durch die Welt ziehen. Wenn ich hierbleibe, mache ich keinen Fehler und lebe so, wie es der Pfarrer von mir verlangt hat."
Da die Äbtissin ihn ebenfalls gerne bei sich behielt, blieb er, aß Braten, trank Champagner und schlief bei der schönen Klosterfrau, bis die sieben Jahre um waren. Dann sprach er, nun müsse er seinen Vater besuchen. Darauf gab ihm die Äbtissin ein schönes Reitpferd, die prächtigsten Kleider und füllte ihm auch die Geldbörse.
So ritt der Hansel vor das Haus seines Vaters. Der erkannte ihn nicht und dachte bei sich, wenn nur auch mein Hansel so aus der Fremde heimkehren würde. Doch der wird alles verjubelt und wenig verdient haben. Als aber die Mutter hinzukam, erkannte sie ihren Hansel so-

gleich wieder. Nun waren alle vergnügt miteinander, und der Vater war stolz auf seinen zurückgekehrten Sohn. Lange musste Hansel erzählen, wo er gewesen, und was er alles erlebt hatte. Dann jedoch schickte der Vater seinen Sohn zum Pfarrer, damit er dort beichte.
„Nun, Hansel“, sagte der Pfarrer, „sag mir aufrichtig, hast du alles gehalten, was ich dir auferlegt habe? Hast du in den sieben Jahren keinen Wein getrunken?“
„Nein, nein“, erwiderte dieser, „keinen einzigen Tropfen Wein. Immer nur Champagner.“
„Um Gottes Willen“, rief der Pfarrer. „Das ist ja noch schlimmer. Denn Champagner ist doch der vornehmste Wein!“
„Das kann doch ich nicht wissen“, gab da der Hansel zurück.
„Aber gesottenes Fleisch wirst du doch nicht gegessen haben?“ wurde er weiter befragt.
„Nein, nein“, gab Hansel Auskunft, „keinen einzigen Bissen. Immer nur Braten.“
„Aber, das ist doch das vornehmste Fleisch“, rief der Pfarrer.
„Woher soll ich das wissen?“ erwiderte Hansel.
„Aber in Federn hast du doch nicht geschlafen, die sieben Jahre“, fragte der Pfarrer weiter.
„Nein, nein. Nicht in Federn, nur in Daunen.“
„Aber, das sind doch die vornehmsten Federn“, rief da der Pfarrer empört.
„Das weiß ich doch nicht“, sprach Hansel. „Das müsst Ihr mir beim nächsten Mal schon genauer sagen.“
Nachdem sich der Pfarrer von dem Schreck wieder erholt hatte, sprach er: „Alles soll dir verziehen sein, wenn du dich an das letzte Verbot gehalten hast. Bei einem Mädchen hast du hoffentlich nicht gelegen?“
„Nein“, gab da der Hansel froh Auskunft. „Ich habe niemals bei einem Mädchen gelegen, sondern immer nur bei einer Klosterfrau geschlafen.“

„Um Himmels Willen", rief da der Pfarrer entsetzt. „Das ist ja das Allerschlimmste. Die Klosterfrau ist ja unseres Heilands Schwester!"

„Ei", sagte da der Hansel beruhigt, „dann ist ja der Heiland nun mein Schwager, und der wird mir schon weiterhelfen."

Und so ritt der Hansel beruhigt zum Kloster zurück, wo er schon sehnsüchtig erwartet wurde.

(Nach einem alten schwäbischen Volksmärchen neu erzählt).

Roland Kübler

Das besondere Rezept

Lange vor der Zeit war einem Köhler, vom Schnitter allen Lebens, die Liebste genommen worden. In seinem Herzen klaffte eine Wunde, welche nur schwer vernarben wollte. Als dann der Winter kam mit seinen langen, kalten Nächten, lag er oft wach auf seinem Lager und fror, obwohl er das Feuer tüchtig schürte und nährte im häuslichen Herd.

Eines eisig kalten Tages ging er hinaus in das Schneetreiben, hin zu der alten Kräuterfrau, die draußen im Wald wohnte, zwischen verschwiegenen Hainen. Die beiden kannten sich schon lange, und so erzählte er ihr von seinem Leid und seinen kalten Nächten.

Die Alte lächelte: „Du hast mir Holzkohle gebracht, manch guten Essig und immer genügend Pech, um mein Dach abzudichten. So will ich heute dir helfen.“

Sie reichte dem Köhler einen Becher mit dampfendem Kräutertee. Dabei runzelte sie die Stirn, kniff die Augen zusammen und murmelte einige unverständliche Worte. Dann wandte sie sich ihm wieder zu: „Im Nachbardorf lebt eine junge Frau, deren Mann in hitzigem Streit getötet wurde. Geh zu ihr in drei Tagen.“

Der Köhler dankte und tat, wie ihm die Alte geraten.

Im feinsten Wanst und frisch gebadet, klopfte er nach drei Tagen an die Tür der Frau. Diese erwartete ihn freudig lachend, bat ihn an den Tisch und holte aus dem Herd einen frisch gebackenen, duftenden Fladen. Den teilte sie in der Mitte, bestrich die knusprige Unterseite mit wildem Honig und reichte sie dem Mann.

„Niemals zuvor aß ich einen köstlicheren Fladen“, sagte der Mann mit vollem Mund.

Dann wollte er erzählen, weshalb er gekommen, doch die Frau winkte lachend ab.
„Ich weiß schon alles", unterbrach sie den Redeschwall des Köhlers. „Und was mir die Kräuterfrau riet in meinem Leben, war noch nie mein Schaden."
So nahm die Frau den Köhler zum Mann, und die beiden hätten wohl glücklich gelebt bis ans Ende dieses Märchens.
Vielleicht sogar noch darüber hinaus.
Doch ein bitterer Tropfen trübte den funkelnden See des Glücks, in welchem die beiden schwammen: Wenn der Köhler von seiner Arbeit im Wald, nach sieben Tagen und Nächten heimkam, hatte er Hunger wie ein Bär nach ausgedehntem Winterschlaf. Die Frau buk Fladen und des Köhlers Leibgericht, einen einfachen Eintopf aus Gemüse und Kräutern. Wenn sich dann der Köhler den Ruß von der Haut und die Asche aus den Haaren gewaschen hatte, war der Tisch bereitet, und der Fladen lag heiß auf dem Herd. Die Frau bestrich die knusprige Seite mit wildem Honig, so wie sie es getan hatte, als der Köhler zum ersten Mal an ihre Tür geklopft, und sie ihn an den Tisch gebeten hatte.
„Köstlich", murmelte der Mann manches Mal. Meist saß er aber mit vollen Backen und aß genussvoll mit geschlossenen Augen. Währenddessen war der Eintopf fertig gekocht, die Schüssel gefüllt. Niemals blieb davon etwas übrig, doch immer wieder murmelte der Köhler beim Löffeln: „Irgendeine Zutat fehlt. Wenn ich nur wüsste welche!"
Die Frau konnte drängen und drängeln wie sie wollte. Der Köhler wusste ihr keine Antwort auf die Frage, was denn fehle in seinem Leibgericht an Gewürz, Gemüse, Wurzel oder Kraut.
„Alles ist recht und gut", bekam sie immer wieder Antwort. „Und doch fehlt etwas. Etwas, was ich nicht benennen kann, obschon ich ahne, dass es mir vertraut sein müsste!"
So ging es, Monat um Monat. Jahreszeit auf Jahreszeit.

Längst schon hatte die Frau es aufgegeben, nach seltenen Kräutern zu suchen, oder teure Gewürze aus fernen, unbekannten Ländern zu erfeilschen. Was hatte sie nicht alles versucht. Selbst die feixenden Blicke der Händler, wenn sie nach Liebeskraut fragte oder jener geheimen Wurzel der Sinnenfreude, hatte sie ertragen. Doch das Gewürz, welches dem Köhler an seiner Lieblingsspeise fehlte, hatte die Frau nicht gefunden.
So kam in den Eintopf, was im Garten wuchs, im Wald und auf dem Feld zu finden war. Und niemals erhob sich der Köhler vom Tisch, ohne die Schüssel leer gegessen zu haben.
Die Zeit floss dahin, und obwohl der Köhler sich niemals beklagte, wuchs der bittere Tropfen im See des funkelnden Glücks. Er nahm dem Wasser das gleißende Blitzen unter aufgehender Sonne und das geheimnisvolle Glimmen, wenn der volle Mond darüber stand.
Sieben lange Jahre strichen über das Land, und der See der beiden hatte schon viel von seinem einstigen Glanz verloren. Brackig schwappte das Wasser an die Ufer der Alltäglichkeiten.
Nun geschah es, dass der Köhler gerade an dem Tag des Jahres von seiner Arbeit im Wald nach Hause kam, an welchem ihm damals die Frau die Tür ihrer Hütte geöffnet hatte. Da sich dieser Tag nun zum siebten Male jährte, wollte die Frau dem Köhler eine Überraschung bereiten. Sie flocht sich die Haare und band bunte Blüten hinein, sie fegte und putzte, dass es nur so blitzte. Und dann buk sie einen Fladen, dessen Teig sie zuvor geknetet und gewürzt hatte wie schon lange nicht mehr. Als der Köhler sich schließlich den Ruß von der Haut gewaschen hatte und die Asche aus den Haaren, sah er sie verwundert an, sagte aber kein Wort.
Er hat den Tag vergessen, dachte die Frau. Nicht einmal Blumen hat er mir mitgebracht. Sie wandte sich enttäuscht ab, um den heißen Fladen aus dem Herd zu holen. Als sie ihn wie gewohnt in der Mitte durchschnitt und die knusprige Unterseite dick mit wildem Honig bestrich, zögerte sie. Warum auch nicht, sagte sie dann zu sich. Sie

reichte dem Köhler die weiche Hälfte des Fladens. Der sah sie mit strahlenden Augen an.
„Seit wir uns kennen, hast du mir stets die knusprige Hälfte des Fladens gereicht. Du weißt gar nicht, wie sehr ich mich freue, einmal die andere zu bekommen.“ Und er aß voller Genuss.
Erstaunt fragte ihn die Frau: „Weshalb hast du nie gesagt, dass dir die weiche Hälfte besser schmeckt als die knusprige?“
„Wie sollte ich“, gab der Köhler mit vollen Backen zurück. „Ich habe mich gefreut, dass dir so gut schmeckt, was auch ich gerne mag.“
Da begann die Frau zu lachen: „Seit sieben Jahren reiche ich dir die knusprige Seite des Fladens aus dem selben Grund. Ich dachte, was mir am besten mundet, will ich gerne dir geben.“
Die beiden umarmten sich und lachten, dass die Hütte bebte.
Mit einem Mal jedoch hielt der Köhler inne. Er schloss die Augen und schnüffelte durch die Stube, rund um den Tisch, geradewegs zum Herd hin. „Du hast das Gewürz gefunden!“ flüsterte er und sog die Luft langsam durch die Nase. Er hob den Deckel vom Topf und atmete den heißen Dampf des Eintopfs.
„Es ist angebrannt“, jammerte da die Frau, stieß den Köhler zur Seite und zog hastig den Topf vom Feuer.
„Aber was hast du denn, Liebste?“ Der Köhler nahm der Frau den Topf aus der Hand und füllte die Schüssel. „Gerade so muss meine Lieblingsspeise riechen. Und ich bin mir sicher, dass sie schmeckt, wie sie zu schmecken hat.“
Mit geschlossenen Augen begann er zu essen. „Wie lange habe ich diesen Geschmack vermisst“, murmelte er ein ums andere Mal vor sich hin.
Er zog seine Frau neben sich auf die Bank und küsste sie. „Wenn die Schüssel nicht so klein wäre, ich würde mich hineinlegen.“
Seit jenem Tag, der in einem großen Lachen endete, wurden die Fladen anders geteilt, und den Eintopf mit der Lieblingsspeise des Köhlers, ließ die Frau einfach so lange auf dem heißen Herd köcheln, bis

ein angebrannter Hauch verlockend durch die Hütte zog.
Niemals mehr, so erzählt es die alte Kräuterfrau auch heute noch jedem, gab es seitdem einen bitteren Tropfen im See des Glücks, in welchem die beiden ihr ganzes Leben lang miteinander schwammen.

(Nach einem deutschen Märchen und einer persischen Überlieferung neu erzählt).

Sigrid Früh

Macha die Rothaarige

Vor langer, Zeit regierten in Erinn drei Könige gleichzeitig. Dies waren Ditorba, Aed Ruad und Combaeth. Unter feierlichen Schwüren beschlossen die drei, dass sie abwechselnd jeweils sieben Jahre regieren würden. Und ihre Druiden und Feldhauptleute schworen, jeden der drei Könige zu verderben, falls er nicht rechtzeitig abtreten würde.

Nun aber geschah es, dass Aed Ruad während seiner Herrschaft im Wasserfall des Erneflusses ertrank. Seine Tochter, Macha die Rothaarige, erhob Anspruch auf die Thronfolge. Doch dies wurde ihr vor allem von den Söhnen Ditorbas streitig gemacht, da sie keine weibliche Herrschaft wollten. Ein harter Kampf entbrannte, bei dem Macha die Rothaarige siegte. Die fünf Söhne Ditorbas mussten fliehen.

Das Ziel ihrer Flucht war eine geheime Schlucht bei Ulster. Stumm und mit finsteren Gedanken saßen die fünf Brüder am Feuer. Uallach spießte ein Stück Fleisch auf und ging damit zum Feuer: „Ich jagte den Spieß viel lieber Macha der Rothaarigen durch die Rippen, Baeth", sagte er zu seinem Bruder, der am Feuer saß.

„Schweig still, Uallach", erwiderte dieser. „Die Königin hat uns besiegt, und alles reden hilft nicht weiter."

„Die Königin", höhnte Uallach, dann aber verstummte er.

Der jüngste Bruder kam die Schlucht herab, warf sein Holzbündel zu Boden und sprach: „Dieses elende Leben ohne Haus und Bett. Seit mehr als einem Mond fliehen wir durch diese Wildnis und verstecken uns wie die wilden Tiere. Wir, die fünf Söhne des Königs Ditorba."

„Wir verstecken uns wie die gehetzten Wölfe vor einem einzigen Weib", pflichtete Uallach seinem Bruder bei.

Unwillig schüttelte Baeth den Kopf. „Borbcass, hole uns Wasser aus dem Bach", sagte er nach einer Weile zu dem Jüngsten und reichte ihm einen Bronzekessel.
„Ich gehorche dir, weil du der Älteste bist, doch denke auch daran, dass du das Recht des Älteren hast vor dieser rothaarigen Hexe", erwiderte der Jüngling, ergriff den Kessel und entfernte sich.
„Unser Bruder Borbcass hat nicht Unrecht, Baeth", sagte nun einer der Brüder. „Wir werden dieses Leben mit nackten Füßen nicht mehr lange ertragen können. Noch ist Sommer ..."
Mit einer Handbewegung schnitt Baeth ihm das Wort ab. „Wir taten, was wir vermochten, Bras! Als unser Vater, Ditorba, von Macha der Rothaarigen mit vielen seiner Männer erschlagen wurde, zogen wir gegen sie. Aber mit ihr kämpfte die Kriegsgöttin, und Morrigu, die Hexe, flog als Krähe schützend über ihr her. So konnte sie uns besiegen." Er legte ein Stück Holz in die Glut und versank wieder in düster brütendes Schweigen.
„Baeth hat Recht", rief einer der anderen Brüder. „Wir geraten nur in Streit und werden uneins, wo wir einig sein müssen, wenn es zu handeln gilt."
„Meinst du handeln oder verhandeln, Betach?" fragte Uallach höhnisch. „Ich sehe uns noch alle demütig und gesenkten Hauptes vor Macha der Rothaarigen stehen." Er spie dabei auf den Boden.
„Das sollst du nie wieder sehen, Uallach", knurrte Bras.
„Ich sprach von der Vergangenheit", entgegnete Uallach. „Nie kann ich vergessen, mit welchem Hochmut sie uns in die Verbannung schickte, als es uns misslungen war, ihr den Kopf abzuschlagen. Von Prophezeiungen halte ich nicht viel, es sei denn, der Druide kündet mir Sieg."
„Vergeblich wirst du hier nach Druiden suchen, Bruder, die dir Sieg weissagen", gab Bras zurück, „die halten alle zu Macha, und sie wissen auch warum. Mit deiner Giftzunge sollten wir dich zu ihr schicken. Vielleicht besiegt sie der Zauber deines Spottes."

„Höre nicht auf ihn, Uallach“, mischte sich Betach wieder ein. „Noch sind wir freie Männer, noch können wir Rache üben, wenn wir einig sind und Männer finden, die ...“
Baeth erhob seine Stimme: „Hört auf mit eurem Gezänk, zumal wir alle dasselbe wollen. Aber das braucht ihr nicht in die Nacht hinauszuschreien. Denkt an das Essen.“
Die Brüder verstummten. Borbcass kehrte mit dem Kessel voll Wasser zurück. Alle setzten sich um das Feuer, legten ihre Schwerter hinter sich zu den Speeren und griffen der Reihe nach zu den Bratenstücken. Dazu tranken sie Wasser aus dem Bronzekessel.
„Karg und eintönig ist unser Mahl“, sagte Bras. „Statt des kalten Wassers tränke ich lieber gutes braunes Bier.“
Als sie satt waren, fing der Älteste zu reden an: „Die Tage werden kürzer, Brüder, und wir müssen uns überlegen, was nun aus uns werden soll. Einen Mond lang ertragen wir nun gemeinsam das harte Los der Geächteten, obschon wir nicht geringeren Blutes sind als Macha und ein besseres Recht auf die Herrschaft über Erinn haben als sie, denn sie ist ein Weib. Aber wo Schwert und Speer entscheiden, wo sich Häuptlinge und Druiden der Macht beugen, können wir nur Gewalt gegen Gewalt setzen.“
„Du sprichst die Wahrheit, Baeth“, brüllte Borbcass. „Wir müssen Gewalt gegen Gewalt setzen!“
Baeth redete weiter: „Wir selbst sind zu schwach, um gegen Macha etwas ausrichten zu können. In die Leute von Connacht setze ich geringes Vertrauen, denn ich kenne sie nicht und weiß nicht, ob sie gegen Macha die Waffen erheben würden. So bleiben uns nur zwei Wege.“
„Der beste Weg wäre, zu Macha zu gehen, um ihre Liebe zu gewinnen“, lachte Uallach, „wir haben ohnehin schon lange keinem Weib mehr in die Augen gesehen ...“
„... um ihr auf dem Heulager das Schwert ins Blut zu tauchen“, setzte Bras die Gedanken des Bruders fort.

„Wenn ich nicht gesehen hätte, dass ihr Wasser getrunken habt", sagte Baeth kühl, „würde ich glauben, der Bierdunst umnebelt euren Verstand. Doch hört weiter! Entweder schlagen wir uns durch nach Mag Inis. Dort wird uns Cimbaeth, Fontans Sohn, wohl empfangen, denn auch ihn hat Macha um den königlichen Stirnreif betrogen. Es wäre möglich, dass er uns beisteht. Wenn Cimbaeth aber nicht zu gewinnen ist, bleibt uns der Weg nach Mide, unserer Heimat."
„Das wird vergeblich sein, Baeth", warf Betach ein. „Die Leute von Mide standen uns bei, als unser Vater gefallen war. Sie kämpften für uns gegen Macha die Rothaarige, und wurden gleich uns von ihr geschlagen. Sie erkennen heute Machas Herrschaft an."
„Ja, bei dem vergossenen Blute Ditorbas", sagte jetzt der geduldige Betach, „was soll denn nun geschehen?"
„Lass mich doch ausreden", beharrte Baeth, „ich will die Leute von Mide fragen, ob ihre Ernte gesegnet war unter Machas Herrschaft, ob sie reichlich Färbstoffe hatten und ob kein Weib im Kindbett gestorben ist. Es ist nicht anzunehmen, dass sie restlos zufrieden sind."
Da sprach Borbcass: „Du willst also die Leute von Mide noch einmal zum Aufruhr gegen ...!" Das Wort blieb ihm in der Kehle stecken, als sein Blick über das vom verglimmenden Feuer schwach beleuchtete Unterholz glitt. Dort stand eine weibliche Gestalt. Auch die anderen sahen nun das fremde Weib zwischen dem Gesträuch.
„Komm doch näher!" rief Baeth ihr zu. Mit gesenktem Haupt trat das Weib ans Feuer. Sie war barfuß und trug nur ein grob gewobenes Hemd. Über ihr Haar hatte sie ein zerschlissenes Tuch gewunden. Schlank und geschmeidig war ihr Körper. Aber was die Frau so entstellte, waren die Krusten und brandigen Flecken, die ihr Gesicht, die Arme und Beine bedeckten.
„Woher kommst du, und wer bist du?" fragte Betach misstrauisch.
„Ich bin eine arme, ausgestoßene Bettlerin", antwortete sie, „und der Aussatz zerfrisst meinen Leib. Ich bin so hungrig, gebt mir ein wenig von eurem Überfluss."

„Setz dich abseits ans Feuer“, sagte Baeth. „Wie ist dein Name?“
Bescheiden setzte sich das Bettelweib und sprach: „Mein Name ist ausgelöscht, seit die Leute mich fortjagten wegen meines Leidens.“
Lauernd blickte Borbcass sie an und fragte: „Kamst du wohl über Ulsters Ebenen?“
Bras aber ergriff seinen Speer und richtete ihn drohend gegen die Fremde. „Gestehe, du scheußlicher Nachtvogel, du hast unsere Reden belauscht.“
Furchtlos schaute das Bettelweib auf die Speersitze. Ihre Augen glänzten im Feuerschein. Aber dann senkte sie wieder bescheiden die Lider und sprach: „Ich kenne euch Männer nicht und hörte nichts von euren Absichten.“
Borbcass reichte ihr nun ein Stück gebratenes Fleisch und sagte: „Ich wiederhole meine Frage. Kamst du über die Ebenen von Ulster?“ Die Frau fing gierig an zu essen und tat, als habe sie die Frage nicht gehört. Borbcass reichte ihr einen Becher und sagte: „Ich schenke dir das Wasser, wie den Becher, doch ich frage dich zum dritten Mal: Was hast du in Ulster erfahren?“
Die Frau blickte in die Runde und sprach: „Die Königin Macha hat Cimbaeth, Fintans Sohn, zu ihrem Gatten erkoren und ihn zum Führer ihres Heeres gemacht.“
Überrascht sahen sich die fünf Brüder an. Uallach aber lachte und rief: „Das habe ich geahnt, dieser Feigling, dieser Weiberknecht, erkämpft sich sicheren Sieg nur im Bett!“ Und seine Augen blitzten zu der Bettlerin hinüber, als wollte er sie wegen dieser Nachricht durchbohren. Doch auch ihre Augen funkelten wild wie die einer Wölfin zurück. Es dauerte nur einen Augenblick, dann blickte die fremde Frau wieder zu Boden.
„Sie hat schöne Augen“, sagte Uallach halblaut zu Bras, „wir sollten uns heute Nacht alle eine Lust mit ihr machen.“
„Sie ist hässlich wie Morrigu“, gab dieser zurück und spie aus. „Siehst du nicht wie Wundschorf und Fäulnis ihren Leib entstellen?“

Baeth aber fragte die Bettlerin: „Was spricht man denn noch in Machas jetzigem Reich?“
„Sie hat die fünf Söhne Ditorbas verbannt, weil sie Aufruhr gegen sie angestiftet hatten und ihr mit dem Schwert gegenübergetreten waren“, antwortete die Frau und blickte aufmerksam in die Gesichter der Männer. „Vielleicht würde sie sich mit ihnen aussöhnen, wenn sie kämen und ihr treue Gefolgschaft schwören.“
Bras und Uallach lachten grimmig. „Sie schwatzt lauter närrisches Zeug“, sagte Bras zu seinem Bruder.
Borbcass aber schrie ihr wütend zu: „Für diese Kunde sollten wir dir den Kopf zerschmettern!“
In dem Gesicht der Bettlerin regte sich kein Muskel. „Ich berichte ja nur, was die Leute in Ulster meinen“, sagte sie sanft.
„Du kamst auch durch Mide, du Landstreicherin?“ fragte Baeth die Bettlerin weiter. Diese nickte.
„Sind denn die Leute in Mide zufrieden mit Machas Herrschaft?“ drang er weiter in sie. „Ist ihre Ernte reichlich ausgefallen? Ist keine Frau im Wochenbett gestorben, und haben die Leute hinreichend Färbeholz?“
„Ich habe niemanden klagen gehört“, versetzte die Bettlerin. „So scheinen sie zufrieden zu sein mit Machas Herrschaft.“
Bras schrie dazwischen: „Lass diese Unglückskrähe nicht noch weiter krächzen!“ Er wollte sich auf die Bettlerin stürzen.
Da erhob sich Uallach, trat auf die Bettlerin zu, blickte ihr lüstern in die Augen und sprach: „Komm, ich führe dich in die verschwiegene Nacht, da magst du mir Dank sagen für das üppige Mahl.“
Die Bettlerin sah ihn mit brennenden Augen an und klagte: „Wollt ihr mich in die Nacht stoßen von eurem wärmenden Feuer? Seht, ich bin so müde vom Wandern, so lasst mich hier ruhen.“
Das Widerstreben der Frau reizte ihn nur um so heftiger. „Du sollst Wärme und Feuer in dieser Nacht nicht vermissen, denn deine Augen haben mein Feuer entfacht.“

Da erhob sich die Bettlerin. „Komm“, sagte sie nur und schritt langsam vor ihm her in die Nacht hinein.
Die Brüder berieten sich, was zu tun sei, wenn das Bettelweib die Wahrheit gesagt hatte. Da tauchte diese wiederum aus dem Gesträuch auf, aber sie kam allein. „Wo ist unser Bruder geblieben?“ fragte Baeth.
„Er wird nicht wiederkommen“, entgegnete sie, „denn er schämt sich, dass er bei einer Aussätzigen gelegen hat.“
Da sprang Bras auf, griff den Speer und schrie: „Sie hat ihn getötet!“ Aber Betach fiel ihm in den Arm: „Wahnsinniger“, rief er Bras zu, „wie sollen wir Uallach wiederfinden, wenn wir sie umbringen?“ Darauf wandte er sich an die Aussätzige: „Sag, wo ist unser Bruder hingegangen?“
„Ich will Euch gern die Stelle zeigen, wo ich mich von ihm trennte“, antwortete sie.
„Ich werde mit dir gehen“, grollte Bras. „Du aber sollst vor mir hergehen, und wehe dir, wenn du mich betrügen willst!“ Er gürtete sich das Schwert und folgte ihr in die Dunkelheit.
Lange warteten die drei Zurückgebliebenen auf Bras. „Ich traute dem Weib von Anfang an nicht“, sagte Borbcass, „vielleicht ist sie kein irdisches Wesen.“
Da stand abermals die Bettlerin allein vor ihnen. „Er hat mich mit einer wilden Verwünschung zurückgeschickt“, keuchte sie wie nach einer großen Anstrengung. „Er geht den anderen suchen.“
Da hatte Borbcass einen Speer ergriffen und sich neben die fremde Frau gestellt. „Ich gehe jetzt mit ihr und werde versuchen, die beiden wiederzufinden“, sagte er zu dem ältesten Bruder. „Ich werde einen Schrei ausstoßen, sobald ich sie gefunden habe. Du aber“, wandte er sich an die Bettlerin, „darfst von mir keine Gnade erwarten, falls du mich zu täuschen suchst.“
Diese schaute den Jüngling von oben bis unten geringschätzig an und wandte sich zum Gehen. Baeth blieb mit seinem Bruder Betach

zurück. Nach einiger Zeit hörten sie einen langen, hellen Ruf.
„Das ist Borbcass, er hat sie gefunden“, sprach Betach.
„Es ist gut“, seufzte Baeth erleichtert. „Nun wird er sie herführen und wir können schlafen.“
„Ich werde ihnen entgegengehen“, sagte Betach. „Bleib du hier und achte auf die Waffen und das Feuer.“
Lange wachte Baeth nun allein. Mit bitterem Groll gedachte er jetzt des Bettelweibes und bereute es, sie nicht fortgejagt zu haben. Wie er nun so finster vor sich hingrübelte, klirrten plötzlich zwei Speere gegeneinander. Jäh fuhr Baeth empor und wandte sich um. Da stand die Bettlerin und hielt zwei Speere in der Hand. Baeth starrte sie an und ihn überkam ein geheimes Grauen vor dem Zauber, der von dem Weibe ausging und ihm die Zunge lähmte.
„Du musst mitkommen“, sagte sie. „Die anderen schicken mich zu dir, damit du ihnen zu Hilfe kommst. Zwei von ihnen sind schwer gestürzt, die beiden andern können nur den einen auf den Speeren hierher tragen, und eben diese Speere gaben sie mir, als ein Zeichen, dass ich die Wahrheit spreche.“
Da ging Baeth als letzter hinter dem Weibe her.
Als am nächsten Morgen das Licht der Sonne über die Höhen emporflammte, war jeder der fünf Brüder an einen Baum geschnürt und konnte sich nicht rühren.
König Ditorbas Söhne schauten sich mit scheelen Blicken an. In ihrer Mitte aber stand das Bettelweib und sprach: „Jeder von euch wird zugeben müssen, dass ich ihn ehrlich besiegt habe. Wenn ich euch einzeln zum Kampfe fortlockte, so geschah das, um euch die Schande zu ersparen, zu fünft über ein Weib herzufallen. Wenn ich euch am Leben ließ, so tat ich das, weil ihr mir zu essen gabt, als ich hungrig war. Ein jeder von euch hatte Gier nach meinem Leib, als er allein mit mir war. Die einen, um ihn zu schänden, die anderen, um ihn zu vernichten. Doch nun sollt ihr auch wissen, wer euch besiegt hat.“

Sie ging ein Stück zurück bis an den Rand des Baches. Hier warf sie ihr Gewand ab und streifte das Tuch vom Kopf. Dichtes rotes Haar floss ihr auf blendend weiße Schultern. Aber noch ehe sich die Männer von ihrem Staunen erholt hatten, sprang sie in das Wasser und wusch ihren Körper. Nackt stieg sie vor den Augen der Gefesselten aus dem Bach und stand nun vor ihnen, rein und strahlend wie ein Weib aus dem Elfenhügel. Die Männer stießen einen Wutschrei aus und rissen vergeblich an ihren Riemen, als sie die Frau so herrlich dastehen sahen. Sie warf sich das Hemd wieder über und trat vor sie hin. „Nun habt ihr mich erkannt, doch anders als ihr es euch dachtet. Unlieb ist euch das Wiedersehen mit mir. Mein Gesicht und mein Körper sind ohne Makel. Den Roggenteig und die Blutflecken, die ich mir auf die Haut rieb, um euch zu täuschen, entführte das Wasser des Baches."

Sie blickte die Männer triumphierend an. Diese starrten mit zornigen Augen und bleichen Gesichtern auf die Siegerin. „Macha die Rothaarige, Aeds Tochter, hat euch gestern ein Angebot gemacht", fuhr die Königin fort, „und sie tut das heute noch einmal. Wenn ihr mir Gefolgschaftstreue schwört, so will ich ewig darüber schweigen, was heute Nacht geschah."

„Eher sollen mich die Wölfe lebendig vom Baum fressen", stöhnte Uallach grimmig, „ehe ich dein Lehensmann werde!"

Bras brüllte: „Hätte mich Betach gestern nicht gehindert, mein Speer hätte dich niedergestreckt, du rote Hexe, und heute hackten dir die Raben und Krähen die grünen Augen aus dem Schädel!"

So bekannten sie alle, sie wollten lieber sterben, als sich ihre Gnade erkaufen.

„Ihr habt edles Blut in euren Adern", sagte Macha. „Dass ihr jetzt nicht anders sprecht als gestern Abend, als ihr noch freie Männer ward, hebt euer Ansehen in meinen Augen. So will ich euch das Leben schenken." Sie fesselte die Brüder aneinander und führte sie nach Ulster.

Als die Königin die Gefangenen der Versammlung der Edlen ihres Landes vorführte und erzählte, wie die Söhne Ditorbas neuen Aufruhr geplant hatten, wurde der Tod über die fünf Rebellen beschlossen.
Macha aber missbilligte diesen Beschluss. „Das kann ich nicht gutheißen, denn ich habe ihnen das Leben bereits geschenkt. Doch soll ihr Name nur in Verbindung mit meinem Namen genannt werden. Die fünf Brüder sollen mir eine Burg bauen mit starken Wällen und hohen Türmen. Mit diesem Bau soll die Erinnerung an die Sühne der fünf Königssöhne nie verlöschen. Kommt mit mir hinaus, ich will sogleich die Grenzen abstecken."
Die Edlen folgten der Königin hinaus auf den Hügel, und sie nahm eine goldene Spange aus ihrem Haar und ritzte damit die Grenzen der künftigen Burg in das Erdreich.
Der Druide sprach: „Wenn die fünf Königssöhne die Burg erbaut haben, soll sie zum Gedenken an unsere Königin Emuin Macha, das bedeutet Machas goldene Haarspange, heißen."
So sind die Namen der fünf Königssöhne, zusammen mit Macha der Rothaarigen, unvergessen geblieben bis in unsere Tage.

(Nach einer irschen Sage neu erzählt).

Jürgen Werner

Selinas Fluch

Cedric saß in dem kleinen Raum, so, wie man es ihn gelehrt hatte. Die Beine gekreuzt, die Augen geschlossen, eins mit sich und der Welt, achtete er auf seinen ruhigen Atem.

Es konnte nicht mehr lange dauern, dann würden ihn die Weisen des Dorfes zu sich rufen. Heute war der große Tag. Er würde sein Schwert empfangen, das eigene Pferd und durfte dem Rat der Weisen eine Frage stellen. Eine Frage, die darauf zielen sollte, das Tor zum Mannsein aufzustoßen.

Jeder junge Mann, der von den Weisen im Ratssaal empfangen wurde, benötigte dafür einen anderen Schlüssel. Einen Hinweis, die Antwort auf ein Geheimnis, ein Stück Hoffnung, um auf dem Weg zum Mannsein bestehen zu können. Cedric hatte nicht lange nachdenken müssen, welche Frage er den Weisen des Dorfes stellen würde. Er bekam ein Pferd. Gut. Und ein Schwert. Auch gut. Aber die Antwort auf seine Frage, der Schlüssel zum Öffnen des Tors, war ihm weit wichtiger, als Pferd und Schwert zusammen.

„Es ist soweit“, hörte Cedric eine feierliche Stimme. Er öffnete die Augen, stand auf und folgte dem Mann, der ihn geholt hatte, in den Ratssaal. Der große, hohe Raum bildete das Zentrum des Dorfes.

Cedric betrat ihn zum ersten Mal. Nur wer die Weihen des Erwachsenseins erhielt, durfte hierher kommen.

Die Decke war mit farbenprächtigen Bildern bemalt, welche die Geschichte und die Abenteuer des Dorfes erzählten. Jetzt wusste Cedric, warum der Maler des Dorfes ein so hohes Ansehen genoss. Seine Arbeit war meisterlich.

„Bist du bereit?“

Cedric erwachte aus seiner Bewunderung und sah zu Gantor, dem ältesten der Weisen. Der Rat saß an einem großen Tisch, der wie ein Hufeisen geformt war.
„Das bin ich, werter Gantor!“ Cedric verneigte sich vor dem Rat.
„Tritt näher“, befahl Gantor.
Cedric tat, wie ihm geheißen.
„Der Weg zum Mannsein ist nicht einfach“, mahnte Gantor. „Hindernisse werden sich dir in den Weg stellen, Aufgaben erwarten dich, die zu lösen deine ganze Kraft erfordern. Nimm als Zeichen deiner erwachenden Stärke dieses Schwert.“
Auf Gantors Handflächen ruhte eine reich verzierte Scheide. „Zieh das Schwert heraus.“
Cedric umschloss mit viel Bedacht den dargebotenen Griff. Auf Gantors Handflächen fand das Futteral keinen Halt. Ungeduld würde es zu Boden werfen. Behutsam, wie eine Schlange, die sich häutet, glitt die scharfe Klinge aus ihrer Hülle. Cedric ließ sich Zeit, wollte zeigen, dass er zurecht in den Ratssaal gebeten worden war. Als er die Waffe endlich befreit hatte, konnte er jedoch seinen Stolz nicht mehr zügeln. Er reckte mit funkelnden Augen das Schwert in die Höhe.
„Behandle es auch weiterhin mit der selben Achtung“, mahnte Gantor. Cedric gürtete das Schwert. Gantor sah ihm mit einem leisen Lächeln zu. Er war zufrieden. „Es ist ein weiter und beschwerlicher Weg, auf den du dich von heute an begibst. Die Ehre, ein Mann zu sein, muss man sich Schritt um Schritt verdienen. Du wirst auf hohen Berggipfeln stehen, der Sonne zum Greifen nah. Aber du wirst auf deinem Weg auch dunkle Täler durchschreiten, karge Steppen, die kein Erbarmen kennen.“
Auf einen Wink Gantors hin, wurde ein Tor geöffnet. Gleißendes Sonnenlicht erfüllte den Raum. Cedric hielt sich schützend die Hand vor Augen, lauschte aber weiter Gantors Worten.
„Dafür sei dir dieses Pferd zugeeignet, als Symbol für die Kraft, die in dir steckt.“ Aus dem Sonnenlicht wurde, schnaubend und unruhig

tänzelnd, ein prachtvolles Pferd hereingeführt. Ein schwarzer Hengst, schnell wie der Wind, mit schlanken Fesseln und einer weißen Blässe auf der Stirn. Cedric verschlug es vor Stolz den Atem, als einer der Weisen ihm die Zügel in die Hand gab. Das Pferd scheute, aber Cedric war ein junger und kräftiger Mann. Er hatte die Zügel fest im Griff und zeigte seinem neuen Begleiter, wer der Herr und Meister war.

„Nun zu deiner Frage.“ Gantor setzte sich. „Sie kann dein Leben verändern, dir Weisheit schenken oder Ängste nehmen. Sprich.“

Es war soweit! Bis zu diesem Moment war sich Cedric seiner Sache sicher gewesen. Jetzt zerrte der Zweifel an seinem Wunsch. Sollte er zurücktreten, lieber eine dieser alltäglichen Fragen stellen, welche für die anderen von so großer Bedeutung waren: Wie finde ich das richtige Weib für mich? Soll ich Jäger oder Kaufmann werden? Werde ich reich sein oder mächtig?

Das war nicht seine Welt. Er war anders als die anderen und wollte auch in Zukunft, anders als die anderen sein. Wenn da nicht diese Zweifel wären. Cedric spürte, wie sein Mund trocken wurde.

„Wie kann ich Selinas Fluch überwinden?“

Ein Raunen ging durch den Saal. Der alte, weise Mann hob die Hand, damit Ruhe einkehrte.

„Hast du die Frage genau bedacht?“ wandte sich Gantor an ihn. „Entspricht sie deinem Willen? Ist sie für dich der Schlüssel, der dir dein Tor zum Mannsein öffnet?“

„Ja“, antwortete Cedric, doch seine Stimme klang keineswegs so sicher, wie er es sich vorgenommen hatte. „Ja, dies ist meine Frage, und ich erbitte die Antwort.“

Die Weisen sahen sich ernst an. Einige von ihnen steckten die Köpfe zusammen, verwarfen Meinungen, suchten nach Auswegen und kamen doch immer zum selben Schluss. Sie mussten Cedrics Wunsch entsprechen, so verlangte es das Gesetz und was noch viel wichtiger war, die Tradition des Dorfes.

Gantor erhob sich und mit ihm alle anderen. „Geht“, befahl er den Männern, und die Weisen verließen, einer nach dem anderen, den Saal.
Damit hatte Cedric nicht gerechnet. Er würde mit Gantor allein im Ratssaal bleiben. So groß war das Geheimnis, dass nur der Älteste es kannte. Cedric spürte, wie sich seine Nackenhaare aufstellten.
„Du kennst Selinas Schloss?“ Gantor sah ihn fragend an.
Cedric nickte. Er wusste davon aus tausend Erzählungen, hatte von den sechzehn Türmen gehört, welche die stattlichen Mauern und das schwere Tor überragten. Er wusste auch, dass er der erste Mann seit vielen Jahren sein würde, der Selina besucht. Dabei war ihre Kunst in der Liebe über alle Grenzen hinweg berühmt. Es war die Angst, welche die Männer vor Selina zurückhielt, jedenfalls wurde das erzählt. Wer ihren Fluch nicht bannen konnte, erlag Selinas Lust, erlag ihrer Sinnlichkeit. Jedoch, was Wahrheit und was Lüge war, wusste niemand wirklich. Kein Mann, der sich auf den Weg zu Selina gemacht hatte, war je zurückgekehrt. Sie waren einfach verschwunden, hatten sich in Luft aufgelöst. Aber nun würde Cedric erfahren, durch welchen Zauber der Fluch zu bezwingen war.
Gantor schwieg lange. Es fiel ihm nicht leicht, dieses Geheimnis preiszugeben. Nur zögernd kamen seine Worte. „Einen Tagesritt in Richtung Norden vom Schloss entfernt, findest du eine Quelle.“ Gantor sah ihn ernst an. „Warum, Cedric? Weshalb diese Frage?“
Cedric sah zu Boden, sammelte seine ganze Kraft, um Gantors Blick begegnen zu können.
„Du bist jung, voller Tatkraft“, fuhr Gantor fort. „Such dir eine gute Frau, du weißt, es gibt viele, die gern in deinen Armen liegen möchten. Liebe sie, ehre sie und werde in unserer Gemeinschaft glücklich!“
„Alltägliches Glück, alltägliche Liebe genügt mir nicht, werter Gantor. Mein Weg führt mich in andere Welten. Dorthin, wo die Leidenschaft lebt, die Lust, das wahre Leben!“

„Lass dich nicht von der ruhelosen Gier deiner Jugend blenden“, warnte ihn Gantor. „Leidenschaft ist ein loderndes Feuer, das große Hitze schenkt, aber schnell in sich zusammenfällt. Besser ist es, beständiger Glut zu vertrauen, in ihrer Wärme findet sich Geborgenheit.“

Gantor schwieg und Cedric wusste, noch gab es ein Zurück. Noch hatte er keine Antwort auf seine Frage erhalten.

Cedric zögerte, hörte in sich, machte sich auf die Reise zu den Rändern seiner Seele. Dorthin, wo die eigene Wahrhaftigkeit verborgen liegt, die wahren Wünsche und Träume. Und er fand sie. Junge Wurzeln, die noch nicht wussten, ob sie Strauch oder Baum werden wollten. Die nur ein Ziel kannten. Zu wachsen.

„Das ist mir zuwenig, werter Gantor. Ich will leben! Mit Haut und Haaren, mit jeder Faser meines Körpers, leben! Die ganze Hitze spüren, ganz gleich, wie schnell das Holz zu Asche wird.“

Gantor wusste, er konnte Cedric nicht mehr aufhalten. Er legte seine Hände auf dessen Schultern und sah ihn traurig an: „Diese Quelle speist einen kleinen Tümpel, der gerade groß genug ist, dass ein Mann darin Platz findet. Verbringe eine Nacht in diesem reinen Wasser, und du kannst eine Nacht mit Selina verbringen. Danach verliert der Zauber seine Kraft.“

Cedric wollte den Ratssaal verlassen, doch Gantors Stimme hielt ihn zurück: „Denke immer daran, dass zum Mannsein mehr gehört, als ein Schwert und ein Pferd. Du bist nicht der Erste, dem die sagenhaften Geschichten um Selina die Sinne rauben. Ganz gleich, welche Welten Selina für dich öffnet, was du entdeckst. Fasse dich in Geduld, suche die Liebe, nicht die Lust allein, oder der Fluch wird auch dich eines Tages treffen.“

Cedric wandte sich Gantor zu. „Ich kenne den Zauber, wie sollte mir der Fluch noch etwas anhaben?“

„Was ich höre, ist die Stimme des Jünglings.“ Gantor sah Cedric ernst an. „Du kennst einen Weg, um Selinas Macht für kurze Zeit zu

bannen, doch Selina kennt viele Wege, um dich von dem deinen abzubringen. Sei ein letztes Mal gewarnt Cedric, und jetzt geh."
Vor dem Ratssaal hatte sich das ganze Dorf versammelt. Alle sahen ihn an, doch niemand sagte ein Wort. Cedric stieg auf sein Pferd und ritt, ohne sich noch einmal umzuwenden, aus dem Dorf in Richtung Norden.
Drei Tage brauchte es und auch drei Nächte, bis er endlich auf die Quelle stieß. Das Licht der untergehenden Sonne ließ das klare Wasser funkeln, und Cedric war, als würde er in ein Meer aus Sternen eintauchen. Obwohl direkt aus der Quelle gespeist, war das Wasser in dem kleinen Tümpel wohlig warm.
Die Nacht brach herein und Cedric malte sich aus, wie es sein würde mit Selina. Er kannte das Getuschel der Mädchen, die großen Reden der Freunde. Doch in Wahrheit wusste keiner von ihnen, was dieses sagenumwobene Gefühl der Lust wirklich bedeutete. Das sollte sich ändern, zumindest für Cedric. Er würde erfahren, was hinter den Geschichten steckte und bald zu den wenigen wirklich Wissenden gehören.
Als der Tag über den Horizont stieg, ritt Cedric zu Selinas Schloss, das er mit Anbruch der Nacht erreichte. Er band sein Pferd an einen Baum und trat vor das große, schwere Portal. Man würde zehn Männer brauchen, um es zu öffnen, doch er war allein! Wie ein erfahrener Ritter, bereit zum Kampf, zog er sein Schwert und schlug mit dem Knauf gegen das schmiedeeiserne Tor. Viel Hoffnung hatte er nicht, dass seine Tat von Erfolg gekrönt sein könnte. Doch wie von Geisterhand schwang das Tor, leicht wie eine Feder, auf.
Cedric betrat den Innenhof des Schlosses. Nichts regte sich. Keine Augen, die ihn beobachteten, keine Stimmen, die ihm wispernd folgten. Was für ein seltsamer Ort. Es dauerte nicht lange, und er fand den Thronsaal. Doch der war anders als alle, die er gesehen oder von denen er je gehört hatte. Einzig der hohe Thron erinnerte noch an die eigentliche Bestimmung eines solchen Raumes. Tücher aus feins-

ter Seide tauchten den Saal in ein schimmerndes Licht, Kerzen brannten, und überall lagen große, weiche Kissen auf dem Boden.
Dann kam sie, Selina. Jede Bewegung, jede Geste war ein Genuss für die Sinne, ein Spiel mit den Gefühlen.
„Sei gegrüßt, schöner Mann." Ihre Stimme war weich und ein wenig tiefer, als die der Frauen im Dorf. „Es ist lange her, dass ich Besuch erhalten habe. Wie heißt du, junger Mann?"
„Cedric."
Selina kam näher, ihre Nasenspitzen berührten sich fast, als sie mit ihren Händen über sein Gesicht strich. „Ein schöner Name für einen schönen jungen Mann." Ein Lächeln huschte über ihr Gesicht. Sie küsste Cedric und ging zum Tisch, auf dem eine Karaffe mit schwerem, dunkelrotem Wein stand.
„Wein?"
Bevor Cedric antworten konnte, hatte er bereits ein Glas in der Hand.
„Auf die Lust!" erhob Selina ihr Glas. „Auf die Leidenschaft", fügte sie hinzu und sah Cedric dabei mit einem einladenden Blick an.
Cedric trank das Glas in hastigen Zügen leer. Selina sah ihm lächelnd dabei zu. Er war kaum noch bei Sinnen, so sehr verzehrte er sich nach dieser Frau, und das Spiel ihrer Augen machte alles nur noch schlimmer.
Endlich stellte auch sie ihr Glas zurück auf den Tisch und streckte ihm ihre Hand entgegen.
Cedrics Körper bebte, als er Selinas Hand ergriff und ihr folgte, seine ungestümen Phantasien im Gepäck.
Cedric saß nackt auf einem ledernen Diwan, dessen rauhe Oberfläche nach mildem Tabak roch. Er konnte sich nicht erinnern, wie er hierher gelangt war. Die Decke des runden, kuppelartigen Raumes war mehr als hundert Fuß hoch und mit farbenprächtigen Gemälden verziert, die einzig von der Suche nach der wahren Lust erzählten. Das Bett, überquellend von Seide und Damast, bot zehn Menschen Platz.

Weiches Mondlicht fiel durch das mannshohe Fenster, überflutete den Raum und brach sich tausendfach in den unzähligen Spiegeln und den vier großen Kristallgefäßen, die mit verschiedenfarbigen Flüssigkeiten angefüllt waren. Cedric gegenüber stand ein Paravent, bespannt mit weißem, hauchdünnen Leinen, das alles offenbarte, was dahinter geschah, ohne wirklich etwas zu zeigen. Selina entkleidete sich langsam hinter dem Paravent. Das Kribbeln in Cedrics Bauch wurde stärker, setzte Segel und erkundete die Horizonte seines Körpers. Wie ein Drachen, der verborgen in den Falten der Zeit geschlafen hatte, erwachte Cedrics Lust, spie Feuer und war bereit, sein Herz, seine Seele lichterloh in Brand zu stecken. Seine Hand wanderte vom Oberschenkel zum Zentrum seiner Lust. Er berührte sich sanft und stellte befriedigt fest, dass ihn seine Männlichkeit in diesem großen Augenblick nicht im Stich ließ. Cedric hielt es nicht mehr aus, dieses Spiel mit der Lust machte ihn trunken. Er musste tun, was er sonst nur heimlich nachts tat. Verschwiegen, ganz im Geheimen.

Während er sich selbst Zärtlichkeit schenkte, beobachtete er das sinnliche Schattenspiel. Dabei konnte er sich des Eindrucks nicht erwehren, dass Selinas Tun seinen Träumen folgte und sich veränderte, wie es seinen Wünschen entsprach. Als spüre Selina seine unverhohlene Neugier, verstärkte sie ihr lustvolles Spiel. Ihre Bewegungen waren karg und fordernd zugleich. Sie bot stets nur kurz die Silhouette ihrer Brüste oder ebenmäßigen Beine, während ihre Hände über ihre Haut strichen, zwischen ihren Oberschenkeln versanken, um wie ein Phönix aus der Asche aufzutauchen, den flachen Leib entlangzuwandern, zu den Brüsten, während im nächsten Moment das lange Haar alles verhüllte.

„Bist du bereit?" Ihre Stimme schien aus den unergründlichen Tiefen der Sinne heraus geboren, und Cedric war davon überzeugt, dass sie mit einem einzigen Wort, die Welt zu verändern vermochte. „Bist du bereit zu erfahren, was Lust, was Sinnlichkeit bedeutet?"

Cedric wusste nicht wie ihm geschah. Er hatte Selina noch nicht einmal berührt, ihren Körper, der all seinen Wünschen entsprach, nur schemenhaft gesehen, und doch war seine Erregung stärker als alles, was er je zuvor erlebt hatte. Gleich würde sie hinter dem Paravent hervortreten. In Cedrics Kopf tanzten Farben und hinter dem Rauschen des Blutes dachte er Stimmen zu hören, schmeichelnde, flüsternde Stimmen.
„Hör nicht auf", bat Selina, während sie langsam auf Cedric zuging. Ihre Bitte war überflüssig. Cedric war längst nicht mehr Herr seiner Gedanken, nur noch Sklave seiner Sinne.
„Du bist so unsagbar schön", keuchte Cedric.
„Ich bin das Abbild deiner Träume", antwortete Selina und griff in eine Schale mit reifen Früchten. Sie brach eine der Früchte entzwei. Saft tropfte auf Cedrics Gesicht. Er leckte begierig über seine Lippen, während er sich selbst weiter Zärtlichkeit schenkte. Cedric spürte das süße Fleisch und stöhnte leise auf, als Selina die weiche Frucht sanft auf seinen Mund presste. Seine Zunge leckte, sog und biss. Er spürte, wie sich die Welle der Lust in seinem Innern sammelte und auf das Ufer zuritt, um dort an den Felsen zu brechen. Ihre langen Haare, die auf sein Gesicht fielen, ihr weicher Körper, der den seinen wie es schien nur flüchtig, wie zufällig berührte, und ihn dabei erzittern ließ, all das verschmolz zu einem Punkt, um von neuem zu explodieren und Farben in den Himmel seiner Träume zu schicken.
Er streichelte ihren Körper, liebkoste ihre Oberschenkel und machte es sich in der saftigen Weichheit ihrer Weiblichkeit bequem, von wo er sich aufmachte, neue, geheimnisvolle Orte zu entdecken. Cedric spürte ihre festen Brüste, die harten, hervorstehenden Brustwarzen, und er fühlte, wie der Saft seiner Lenden um Freiheit bettelte, wie ein Gefangener, der einzig das Leben an Ketten kennt.
Selina rieb mit ihrem festen Körper das reife Fruchtfleisch in seine Poren, leckte über seine Lippen, biss ihn zärtlich und zerwühlte sein Haar. Mit einem Mal wurden die Ketten gesprengt. Cedric stöhnte

leise auf, genoss den Augenblick und löste die Spannung mit einem Schrei, der von ihren Lippen, die sich auf seinen Mund pressten, erstickt wurde, damit das Gefühl der Lust nur langsam abebbte.
Cedric war wütend über sein Tun. Wie ein Jüngling hatte er versagt. Und das bei dieser Frau. Selina spürte seine Enttäuschung, die daraus wachsende Unsicherheit, seine plötzliche Zurückhaltung und sah ihn mit einem zärtlichen Lächeln an. Sie stellte sich vor ihn und berührte sich.
„Leidenschaft bedeutet nicht, dass du mir einen raschen Höhepunkt der Lust verschaffst. Oder hast du das gemeint?“ Die Bewegungen ihrer Hand wurden fordernder, ihr Atem ging schneller. „Ich habe die Magie, zum Geschöpf deiner Phantasie zu werden, dir jeden Wunsch zu erfüllen, aber zuerst musst du beweisen, dass du meiner würdig bist.“
Cedric beobachtete gebannt ihr lustvolles Spiel, ihm war es gleich, ob sie Hexe oder Fee war, gut oder böse. Er hatte noch nie zuvor gesehen, wie eine Frau sich selbst Genuss verschaffte und war davon so fasziniert, dass er alles andere vergaß. Er roch ihre Wollust, die sich wie ein betörendes Parfum ausbreitete.
Selina sank langsam auf das Bett und liebkoste dabei ihren Körper. Je näher sie dem Höhepunkt ihrer Lust kam, desto ungestümer wurden ihre Bewegungen. Cedric sah, wie sich Selina von den Seidenlaken hob, um im nächsten Augenblick schwer in diese Weichheit zurückzufallen, bis ein genussvolles Stöhnen das langsame Abklingen des Spiels ankündigte. Cedric legte sich zu ihr.
Der Duft der Lust lag wie schwerer Schnee auf ihren Sinnen.
Der Tag brach heran, es war Zeit zu gehen, denn mit dem Tag verlor der Zauber seine Kraft. Cedric aber wusste, dass er wiederkommen würde, und er spürte, dass dies erst der Anfang war.
Er trieb sein Pferd an, das über die weite Steppe jagte. Er jauchzte vor Freude, schrie seine Lebenslust in den blauen Himmel, zog sein Schwert, kämpfte gegen Feinde aus dem Reich des Imaginären, be-

siegte Drachen, schwarze Ritter und sich selbst. Als die Nacht hereinbrach, erreichte er die kleine Quelle. Er zog sich aus, ließ sich hineingleiten und wartete ungeduldig darauf, zu Selina zurückkehren zu können.

Cedric lag ausgestreckt auf dem breiten Bett. Über ihm flossen die Deckenbilder, welche von der Leidenschaft erzählten, ineinander. Er schloss die Augen und stöhnte leise auf. Selina war über ihn gebeugt. Ihre Zunge leckte über seinen Bauch, spürte jedem Muskelstrang nach. Ein sanftes Ziehen ging durch seinen Körper und kehrte immer wieder zum Zentrum seiner Lust zurück. Er spürte, dass seine Lenden bereit waren.

In diesem Augenblick ließ Selina von ihm ab.

Für einen Moment tanzten Schmerz und Wollust gemeinsam um das Feuer der Leidenschaft. Cedric suchte Selinas Blick, doch er erntete nur ein Lächeln. Sie küsste seinen Nabel, seine Brust. Er fühlte Selinas sanfte, kreisende Bewegungen über seinen Lenden. Langsam nahm sie ihn in sich auf. Zum ersten Mal in seinem Leben spürte Cedric, wie es ist, wenn sich die Weiblichkeit mit der Männlichkeit vereint. Die weiche Wärme schenkte seinem Körper, seiner Seele eine unendliche Ruhe, die sich im nächsten Moment in wilde Ekstase wandelte.

Cedric lag im warmen Wasser und dachte an jene Nacht zurück. Zufrieden räkelte er sich darin und schlief ein.

Als er die Augen öffnete, stand die Sonne bereits hoch am Himmel. Er hatte zu lange geträumt, zuviel Zeit vergeudet. Wie sollte er jetzt noch Selinas Schloss bis zum Einbruch der Nacht erreichen? Aber er musste Selina sehen, spüren, riechen und schmecken. Er konnte und wollte nicht noch einen ganzen Tag und eine ganze Nacht warten. Cedric schwang sich auf sein Pferd und jagte es über die Steppe. Die Sonne war bereits gefährlich nah am Rand des Horizonts. Cedrics Pferd schäumte vor Anstrengung, aber wenn er vor Einbruch der Nacht nicht Selinas Schloss erreichte, blieb das Tor geschlossen. Er musste leichter werden! Cedric riss sich sein Hemd vom Leib, warf den Wasserschlauch ab und den Beutel mit Brot. Noch immer war ihm sein Hengst nicht schnell genug. Er spürte, wie sein Schwert, im Rhythmus der galoppierenden Hufe, gegen seinen Schenkel schlug. Noch zögerte Cedric. Konnte er das Zeichen seiner Männlichkeit, das Geschenk der Weisen derart geringschätzen und wegwerfen?

Selinas Macht war stärker als Gantors Warnungen. Er löste den Gurt, an dem sein Schwert befestigt war und warf es weg.

Endlich waren die sechzehn Turmspitzen zu sehen. Im selben Moment flammte der Himmel rot auf.

Die letzten Sonnenstrahlen im Rücken, passierte er das Tor.

Der harte Ritt hatte ihn aufgewühlt. Sein Herz raste.

„Selina! Selina!" Er rannte schreiend durch das Schloss. Er musste sie haben, jetzt sofort. „Selina, wo bist du!" Er hastete in den Thronsaal. Dort saß sie und erwartete ihn mit einem Lächeln.

Cedric blieb vor ihr stehen. Sein Körper glänzte vom Schweiß, er war schmutzig vom Ritt. Selina kam langsam auf ihn zu. Cedric rieb seine Handflächen gegeneinander, die Ungeduld war schlimmer als Hunger und Durst je sein konnten.

Aber Selina berührte ihn nicht, einzig ihr Gewand aus Seide, strich kurz über seine Hände, als sie an ihm vorüberging. Cedric konnte es nicht fassen. Sie ging zum Tisch und füllte die Gläser mit Wein.

„Du bist von dem langen Ritt sicherlich durstig."

Cedric war nicht durstig. Mit einer harschen Bewegung schlug er Selina das Glas aus der Hand. Er packte sie bei den Hüften und zog sie zu sich her. Cedrics Lust war eine Herde von Wildpferden, die davongaloppiert, um das wahre Glück jenseits des Horizonts, am Ende der staubigen Steppe zu finden.

Er stieß die Weinkaraffe vom Tisch, die zu Boden fiel, setzte Selina auf den Tisch, raffte ihren Rock und drang ungestüm in sie ein. Er wollte sie haben, er musste sie haben, und jetzt endlich hatte er sie.

Als sich das schwere Tor hinter ihm schloss, konnte Cedric keinen klaren Gedanken fassen. Selina hatte nichts gesagt, als er von ihr abgelassen hatte. Sie war nur vom Tisch heruntergerutscht, hatte ihren Rock zurechtgerückt und sich wieder hingesetzt. Ihr Gesicht war weder Lachen noch Weinen, ihre Gesten weder Hass noch Freundschaft. War er zu weit gegangen? Cedric wollte an der Quelle darüber nachdenken. Er warf die düsteren Gedanken ab und suchte sein Pferd, denn er hatte es in der Eile nicht angebunden. Es zerriss ihm das Herz, als er es mit gebrochenem Blick, tot am Boden liegend, fand. Es hatte alles gegeben und mit dem Leben bezahlt. Cedric kniete sich neben das Tier und strich ihm sanft über den Hals. Er dachte an den Ritt, an den Schweiß auf den Flanken des Pferdes, an den keuchenden Atem. Während er die Nacht bei Selina verbrachte, war sein Pferd jämmerlich verendet. Cedric war elend zumute. Nur wenige Stunden zuvor hatte er das Gefühl gehabt unbesiegbar zu sein, ein ganzer Mann!

Jetzt war ihm, als fiele er ins Bodenlose.

Cedric machte sich auf den Weg zur Quelle. Aber schon nach wenigen Stunden Fußmarsch wurde ihm klar, dass er ohne Pferd Tage bis zum Ziel brauchen würde.

Er dachte an Gantors warnende Worte.

Aber er dachte auch an die Lust, die er in Selinas Nähe empfand. Er begann, Antworten zu suchen, auf die vielen unbequemen Fragen. Vielleicht waren die Männer, die einst Selina besucht hatten einfach weitergezogen? In andere, ferne Länder. Die Sage, Selinas Lust sei tödlich, könnte auch von alten zahnlosen Männern in die Welt gestreut worden sein! Aus Wut darüber, dass sie, in ihren Lenden müde geworden, nicht mehr Selinas Leidenschaft erwidern konnten, oder auch von neidischen Frauen, welche ihren Männern keine Lust zu schenken hatten.

Cedric blieb stehen. Vor ihm lag die Steppe, der lange Weg zur Quelle. Er wandte sich um. Das Schloss mit seinen sechzehn Türmen war nur noch schemenhaft am Horizont zu sehen. Wenn er jetzt

umkehrte und sich eilte, konnte er zum Einbruch der Nacht wieder in Selinas Armen liegen.
Er sah in der flimmernden Hitze des Tages ihren Körper, das fordernde Lächeln.
Er machte sich auf den Weg zurück.
Als er am Tor ankam, küsste die Sonne den Horizont und bereitete sich für den Zauber der Nacht vor. Gantors Stimme mahnte ihn ein letztes Mal. „Fasse dich in Geduld, suche die Liebe, nicht die Lust allein, oder der Fluch wird auch dich eines Tages treffen."
Das Tor schwang, wie von Geisterhand geöffnet, auf. Selina musste ihm verziehen haben, wenn es überhaupt irgend etwas zu verzeihen gab. Sie öffnete ihm das Tor, lud ihn ein auf eine weitere lustvolle Nacht.
Noch einmal stellte sich ihm Gantor in den Weg, aber Cedric ließ sich nicht aufhalten. Er war jung, er war kräftig, er war ein Mann! Er trat durch das Tor.
Die Menschen im Dorf warteten noch lange auf Cedric.
Doch er kehrte nie wieder zurück. Schließlich wurde er Geschichte und irgendwann nur noch ein Sandkorn im ewigen Fluss der Zeit.
Einzig Gantor, der sich nach vielen Wochen auf den Weg zu Selinas Schloss machte, kannte das Geheimnis. Doch er nahm sein Wissen mit ins Grab.
Niemand würde je erfahren, dass er an jenem Tag siebzehn Türme gezählt hatte.

Roland Kübler

Feuerblume

Dies geschah zu der Zeit, als Dalan der Abenteurer noch jung an Jahren und arm an den Erfahrungen war, welche nur durch das Leben selbst gelehrt und gelernt werden.

Damals, so erzählt Dalan es heute jedem, der es hören will, damals war das Land weiter und die Erde fruchtbarer; in der Luft flirrte lockender Trommelruf hin zu Unglaublichem, gerade einen kleinen Schritt hinter dem Horizont; die Quellen sprudelten in unbekümmertem Reichtum, das Meer war salziger und voll erfüllter Sehnsüchte; selbst die Feuer loderten heißer und wilder als heute.

Es war die Zeit, als Dalan der Abenteurer unterwegs war, die Welt zu erkunden, ihre Höhen und Tiefen, ihre Wunder und Geheimnisse.

Damals aber, und das erzählt Dalan nicht so gerne, damals war er ein Hitzkopf, der die Waffen sprechen ließ, bevor er nachdachte, zuhörte oder gar redete. Die Spelunkenwirte rieben sich zufrieden die Hände, wenn er zu ihnen kam, und kein Weiberrock war sicher vor seinen Nachstellungen.

Eines Tages nun führte Dalans Weg zur Stadt am Meer, in welcher der alte Märchenerzähler Oyano zu Hause ist. Gerne bot dieser ihm eine Unterkunft und ein weiches Lager, liebte er es doch, abenteuerliche Geschichten erzählt zu bekommen.

Als die beiden, wie schon in den Tagen zuvor, unter dem uralten Lebensbaum vor Oyanos Haus saßen, sagte der alte Märchenerzähler: „Es gibt einen Garten in der Wüste, so prächtig und schön, daß kein Lied ihn jemals in all seiner Vollkommenheit besingen kann. Dies ist der Garten der Elemente. Darin wächst eine Blume, so einzigartig wie sonst nirgendwo. Wer sie jemals sah, darf sich wahrhaft glücklich schätzen, denn sie blüht nur ein einziges Mal. Dann vergeht sie.“

„Das ist mir wohlvertraut“, scherzte Dalan und betrachtete wohlgefällig den wiegenden Gang einer jungen Magd, welche, mit einem Wasserkrug auf dem Kopf, an ihnen vorbeischritt. „Auch ich habe schon Blumen gepflückt, die nur eine Nacht blühten. Darum aber sind sie nicht weniger schön gewesen.“

Oyano sah der jungen Frau lächelnd nach und erzählte weiter: „Wer die Feuerblume blühen sah, der sieht die Welt mit anderen Augen und weiß um die Geheimnisse der Liebe.“

„Ich kenne alle Kniffe und Geheimnisse der Liebe“, prahlte Dalan.

Der alte Märchenerzähler gab gut gelaunt zurück: „Ich höre einen jungen Hahn, der noch nicht weiß, daß diejenigen, welche am lautesten krähen, am ehesten im Suppentopf landen.“

Ein wenig verstimmt lehnte sich Dalan zurück, während Oyano weitersprach: „Nicht ohne Gefahr ist es, nach der Feuerblume zu suchen, denn wundersame Dinge erzählt man sich von diesem Garten.“

„Gefahren beim Blumenpflücken?“ Dalan lachte. Doch dann kam er ins Grübeln. „Warst du in dem Garten und hast die Feuerblume blühen sehen?“ wollte er wissen.

Der alte Märchenerzähler nickte versonnen.

„Und welche Gefahren mußtest du bestehen?“ Dalan war nun doch neugierig geworden.

„Es gibt Erfahrungen, von denen kann nicht wirklich erzählt werden, da sie jeder anders erlebt,“ antwortete Oyano. „Aber das Blühen der Feuerblume hat sich in mein Herz gebrannt und schenkt mir auch heute noch Kraft.“

„Das Blühen einer Blume?“ Ungläubig schüttelte Dalan den Kopf.

„Nicht einer Blume“, lächelte der alte Märchenerzähler den Abenteurer an. „Das Blühen der Feuerblume!“

Dalan schaute hinauf zu den Wurzeln des Lebensbaumes. „Nun gut“, brummte er nach einiger Zeit. „Zeig mir den Garten.“

Es dämmerte, als der Märchenerzähler und der Abenteurer aus der Stadt ritten. Der aufsteigende, pralle Mond am Horizont schimmerte matt und geheimnisvoll wie eine große Perle, die in sich alle Sehnsucht dieser Welt birgt. Dalans Hengst tänzelte unruhig auf dem schmalen Pfad hinter Oyanos Maultier her, das schlafwandlerisch seinen Weg durch die beginnende Nacht fand.

Die beiden überquerten sieben Hügel und ritten auf sieben Brücken über sieben Flüsse, wobei der letzte Fluß eher ein Bach und die letzte Brücke eher ein Steg war. Dann durchquerten sie einen Sumpf und kamen schließlich zu einer Wüste. Dalan ließ seinem Hengst die Zügel schießen, um davonzupreschen, hinein in die verlockende Weite, bis hinter die scharfgezeichnete Kimm des Horizonts. Doch Oyanos Ruf hielt ihn zurück: „Wer hastet, statt zu schauen, wird nichts sehen!“

Der Märchenerzähler stieg von seinem Maultier und setzte sich in den Sand der Wüste.

Dalan zügelte sein Pferd. „Was ist?“ rief er. „Du wolltest mir doch zeigen, wo die Feuerblume blüht.“

„Ja“, gab der Märchenerzähler zurück. „Gerade das will ich tun. “Wie von Zauberhand entzündet, prasselte vor Oyano ein kleines Feuer. Auf einer ausgebreiteten Decke lagen frisches Brot, Käse, Schinken, Trauben und vielerlei Köstlichkeiten. Daneben stand ein Krug mit Wein. Dalan stieg vom Pferd und trat zu dem Märchenerzähler.

„Wie hast du das jetzt wieder gemacht?“ wollte er wissen und sah ungläubig zwischen dem Feuer, der ausgebreiteten Decke und dem Märchenerzähler hin und her.

„Setz dich.“ Oyano brach das warme Brot.

„Aber, wo ist der Garten?“ Dalan sah sich in der Einöde um.

Oyano reichte das Brot dem ungläubig dreinblickenden Dalan. „Eine hohe Mauer schützt diesen Garten vor neugierigen Blicken. Die Pforte darin hat keinen Griff oder Riegel. Geöffnet werden kann sie nur von innen.“

„Aber, ich weiß immer noch nicht ...", begann Dalan, doch Oyano reichte ihm einen Becher Wein.
„Trink", forderte er ihn auf. Dalan nahm den Becher. Hoch stand der Mond am Himmel. Er lächelte wie ein schlafender, satter Säugling in einer warmen Schaukelwiege.
Die fragenden Augen Dalans wurden immer größer.
Der alte Märchenerzähler deutete in die nächtliche Wüste. „Wenn dir die Pforte geöffnet wird, findest du in diesem Garten vielleicht die Feuerblume. Und nun geh!"
Dalan wandte sich um und sah im weichen Licht des Mondes einen mauerumsäumten Garten, der zuvor nicht dagewesen war. Mit einem Satz war er auf seinem Pferd, hieb ihm die Fersen in die Seiten und spornte es zu einem wilden Galopp an.
Der alte Märchenerzähler stopfte sich seine Pfeife, deren Mundstück schon ziemlich zerbissen und zernagt war von langen Nächten allein mit dem Mond und all den fernen Sternen. Er lächelte Dalan hinterher. Dieser hetzte wie ein gespenstischer Schatten durch die Stille der Wüste.
Doch so sehr Dalan seinen Hengst auch antrieb, er kam dem Garten nicht näher. Ja, es war so, daß dieser sich immer weiter entfernte, je schneller der Abenteurer seinen Hengst antrieb. Schließlich zügelte er den wilden Galopp und trabte zurück zu Oyano, der neben dem kleinen Feuer saß.
„Also gut", sagte der Abenteurer und beugte sich ein wenig zu dem alten Märchenerzähler hinunter. „Was habe ich nicht beachtet?"
„Du sitzt auf einem hohen Roß", murmelte Oyano, und weiße Schäfchenwolken stiegen aus seiner Pfeife. „Wundert es dich, daß ein einzigartiger Garten wie dieser flieht, wenn du daherpreschst und dein Pferd alles zertrampelt, was ihm unter die Hufe kommt?"
Murrend stieg Dalan aus dem Sattel und machte sich auf zur Pforte des Gartens, der nun wieder, nur wenige hundert Schritte entfernt, zu sehen war.

Die Pforte war gerade so groß, daß Dalan, ohne sich zu bücken, durch sie hindurch hätte gehen können, wäre sie nicht geschlossen gewesen.
Sie ist nicht besonders stark gebaut, dachte Dalan, als er davorstand. Ein Fußtritt vielleicht, ein Schwerthieb, dann wäre sie für mich geöffnet. Doch er ließ sein Schwert in der Scheide und betrachtete die Ornamente, welche, ineinander verschlungenen Nattern gleich, in die Pforte gekerbt und geschnitten waren. An einer Stelle waren harzige Tränen aus dem Holz gequollen. Zögernd legte Dalan seine Hand darauf, als wolle er einen Wundschmerz lindern. Die Ahnung eines vertrauten Tones erklang tief in seinem Herzen. Lautlos schwang die Pforte auf.
Ein schmaler Pfad führte hinein in ein vielfältig verschlungenes und verwachsenes Gestrüpp von Blumen, Sträuchern, Büschen, Bäumen. Schon nach wenigen Schritten hatten die dunklen Schatten Dalan aufgesogen, und der Abenteurer irrte umher, bis die Vorboten der Sonne über den Rand der sichtbaren Welt blinzelten. Es war nicht mehr Nacht und noch nicht Tag. Staunend sah sich Dalan um. Nirgendwo hatte er jemals solch farbenprächtige und vielfältige Pflanzen gesehen. Während der Morgenhimmel in lichtem Blau die aufgehende Sonne erwartete, erwachte die Natur wie aus tausendjähriger Verzauberung. Vögel sangen sich die Kehlen heiser, der Wind wisperte und raunte in den Blättern und Zweigen, überall in Büschen und Sträuchern, hinter Bäumen und Felsen raschelte es. Ein Wasserfall rauschte neben Dalan über einen Felsen. Er beugte sich nieder, trank von dem klaren Wasser und erfrischte sich.
Als er sich aufrichtete, sagte eine Frau, welche zwischen zwei Augenzwinkern erschienen sein mußte: „Willkommen in meinem Reich, Fremder."
Dalan war so überrascht, daß er nichts als lächeln konnte. Die langen Wellen ihrer Haare flossen weit über die Schultern der Frau hinab und umschmeichelten ihre Hüften. Algengrün leuchteten ihre Augen,

und vor der aufgehenden Sonne schien es, als bade in dem Wasserfall hinter ihr ein schillernder Regenbogen. Es war Dalan, als hätte sie nichts auf dem Leib, als eine funkelnde Kette wilder Perlen.
„Wer bist du?“ brachte er schließlich über die Lippen.
„Die Wasserfrau“, bekam er Antwort. „Aber sollte nicht ich fragen, wie dein Name ist und was dich hierher treibt?“
Dalan erzählte sein Woher, und daß er hier sei, um die Feuerblume zu finden. Lachend lud die Frau ihn ein, mitzukommen in ihr Haus. „Schon oft hat die Feuerblume geblüht in diesem Garten, doch es ist schwierig, sie zu finden. Ich werde dir bei deiner Suche helfen.“
Gern nahm Dalan diese Einladung an, vor allem, als die Wasserfrau nähergetreten war, um ihm freundlich die Hand zu reichen. Die Perlen um ihren Hals funkelten noch wilder, als er auf den ersten Blick vermutet hatte.
Die Wasserfrau legte einen Finger auf die Schneide seines Schwertes. Eine kleine, algengrüne Kerbe leuchtete in der makellosen Klinge.
„Ohne mein Zeichen, wirst du mich nicht begleiten können!“ erklärte sie dem erstaunten Dalan und zog ihn hinter sich her zum Wasserfall. An ihrer Hand schritt er hindurch und auch durch die Felsen, welche weich wurden und sich öffneten, als die Wasserfrau sie berührte.
Dalan fand sich wieder in einem Teich, dessen Tiefe ihn erschreckte und dessen Wärme ihn überraschte. Sachte wiegend, trieb in seiner Mitte das Haus der Wasserfrau. Aus Tang und weichem Schilf war der Boden geflochten. Die hohen Decken wurden getragen von Säulen, ganz aus weißem Meerschaum. Muscheln und die Panzer von Krebsen bildeten ein farbenprächtiges Dach.
Und das breite Lager, das in der Mitte des weiten Gemaches stand, war aus reinstem Perlmutt gefertigt. Das Laken, gesponnen aus weißer, warmer Gischt, wogte Dalan und der Wasserfrau entgegen.
Salz fand der Abenteurer auf ihren Lippen und ein wenig Tanggeruch in den langen Haaren. Ihre Haut war warm und weich wie das

Südmeer. Zwischen ihren Brüsten glaubte Dalan in blühenden Seerosen zu baden. Dann umfing ihn die Wasserfrau. Der Abenteurer tauchte hinab zu ihrem Nabel, trank ihn leer und fühlte sich seltsam benommen nach diesem betörenden Genuß. Er versank in einem geheimnisvollen See, der ihn auf seinen Grund lockte, als läge da ein Edelstein aus dem fernen Samarkand mit wundersamer Zauberkraft. Und als Dalan ankam, dort, wo er glaubte hinzuwollen, kämpfte er um Atem, in all dem, was ihn überflutete und wollte doch nichts lieber als ertrinken.

Als er am Morgen erwachte, sagte die Wasserfrau: „Du kannst bei mir wohnen, solange du willst. Doch du mußt versprechen, mir nicht zu folgen, wenn ich gehe, mein Reich zu ordnen!"

Dalan versprach, dies Gebot nicht zu verletzen, denn es schien ihm nicht schwer, sich daran zu halten.

Die Wasserfrau herrschte über Quellen und Seen, Bäche, Flüsse und Meere. Sie führte Dalan durch ihr Reich, und jeden Tag gab es viel Neues zu entdecken für den Abenteurer, aber auch Altbekanntes neu zu sehen. Doch den Ort, wo die Feuerblume blüht, fanden die beiden nicht, obwohl sie Gast waren in unzähligen Quellwohnungen, kleinen und großen, wild sprudelnden, welche mächtige Flüsse gebaren und anderen, die nur leise murmelten und doch Rinnsale zeugten, die dahinschlängelten und Fruchbarkeit mit sich führten, bis weit in karstiges Land. Die Wasserfrau nahm Dalan mit zu Ebbe und Flut, und auf dem Rücken flinker Tümmler erkundeten sie die sieben Meere. Aber auch dort fanden die beiden die Feuerblume nicht.

Des Nachts jedoch entdeckte Dalan die Gezeiten der Leidenschaft und die Quellen der Lust. Er ließ sich treiben in grenzenlosen Strömen der Begierde, wurde mitgerissen von reißenden Wildbächen und ruhte in moorigen Waldseen.

„Wer auf den Grund der Dinge will, muß lernen, ganz hinabzusinken", sagte die Wasserfrau und zeigte ihm die tiefsten Tiefen ihres Reiches.

Und dort lernte Dalan, den Gesang der Gezeiten, jenes beständige Rauschen und Wogen zu hören, ohne das kein Leben wäre auf der Welt.
Kein Tag war wie der andere und keine Nacht wie jene, welche zuvor vom Rollen der Wellen zugedeckt worden war.
„Daran könnte ich mich gewöhnen“, murmelte Dalan oft, bevor er in einen wohligen Schlaf fiel, den Leib der Wasserfrau an seinem.
Und so hätte es sein können bis zum Ende aller Tage.
Doch Dalan wäre nicht Dalan der Abenteurer gewesen, wenn in ihm nicht immer brennender der Wunsch gewachsen wäre zu wissen, wohin die Wasserfrau ging, und was sie wohl tat, in den Nächten, in denen er ihr nicht folgen durfte.
Vielleicht sind es gerade diese Nächte, in welchen die Feuerblume blüht, dachte er sich. Und so schlich er ihr eines Nachts hinterher.
Die Mondsichel hatte erst einen schmalen Riß in das dunkle Himmelstuch geritzt, doch im Licht der unzähligen Sterne fiel es Dalan leicht, der Wasserfrau zu der großen Quelle zu folgen. Oft waren sie gemeinsam darin eingetaucht. Die Wasserfrau legte ihre Kleider ab und setzte sich vor die Quelle. Fast wäre Dalan aufgesprungen, um sie in seine Arme zu nehmen. Aber da wuchsen die Perlen an ihrem Hals zu dicken, unförmigen Blasen, die mit ungeheuerlichem Platzen zersprangen. Wesen krochen aus ihnen, schrecklicher, als Dalan es sich jemals vorzustellen gewagt hätte: furchterregende Seeschlangen und riesenhafte Kraken, Klabautermänner mit steinernen Herzen und böse tanzende, kalt leuchtende Irrlichter. Die Gezeiten tobten heran und prallten gegeneinander. Alles wurde vernichtet, was sich ihnen in den Weg stellte.
Blind vor Angst stürzte der Abenteurer zurück ins Haus der Wasserfrau, griff sich sein Schwert und hastete davon, so schnell er konnte.
Dalan wußte nicht, ob er eingeschlafen war. Doch als er die Augen öffnete, war es heller Tag. Eine blumenbekränzte Frau stand vor ihm und lächelte ihn an. Weizenblond lockten die Haare über Gesicht

und Schultern. Dunkel wie fruchtbarer Ackerboden schimmerte ihre Haut. Blumenkränze schmückten sie und bunte Blätter lagen über ihren vollen Brüsten. Sie wippten ein wenig, als die Frau sich zu dem Abenteurer beugte. Ein eben geborener, taufrischblauer Frühlingsmorgen wäre trübe verblaßt neben ihren dunkelbraunen Augen.
„Wer bist du?" fragte Dalan und versuchte sich aufzurichten. „Und wie kommst du hierher?"
„Ich bin die Erdfrau", bekam er Auskunft. „Aber sollte nicht ich dich fragen, was dich hierher treibt?"
Dalan erzählte von seinem Woher, und daß er nach der Feuerblume suche in diesem Garten. „Ich werde dir bei deiner Suche helfen", sagte die Frau, während sie einen Finger auf Dalans Schwert legte. Eine braune Furche war in die Klinge gekerbt. Gerade so, als habe ein Pflug fruchtbare Krume freigelegt.
Die Erdfrau nahm ihn bei der Hand und zog ihn auf versteckten Pfaden hinter sich her, bis das dichte Gestrüpp einer kleinen Lichtung wich. Mächtige Bäume wurzelten hier. Uralt mußten sie sein. Dazwischen stand ein prachtvolles Haus aus meisterlich gefugtem Marmor und fein gedrechselten Hölzern.
„Du kannst mein Gast sein, solange du willst", sagte die Erdfrau. „Alles sei dir erlaubt bei mir, nur eines nicht! In den Nächten, wenn ich gehe, mein Reich zu ordnen, darfst du mir nicht folgen!" Dalan nickte. Gegen dieses Gebot wollte er bestimmt nicht verstoßen.
Mit betörend duftenden Kräutern war der Boden des Hauses bedeckt. Blüten bildeten darauf ein farbiges Muster. Dalan war sich sicher, hier würde er die Feuerblume finden. In einer Ecke des Raumes stand ein breites Lager aus reinstem Gold. Silbern glänzte das Laken, und auf die Decke waren Edelsteine gestickt. Die Erdfrau bat Dalan an eine steinerne Tafel und bewirtete ihn mit den ausgesuchtesten Köstlichkeiten, welche die Erde zu bieten hat.
Als sie sich später in Armen hielten, glaubte Dalan, den beginnenden Frühling zu umfassen. Das weizenblonde Haar roch nach einer blü-

henden Wiese am frühen Morgen, gerade wenn die Sonne aufgegangen ist und ihre ersten Strahlen durch schillernde Tautropfen taumeln. Der Hals trug an sich jene Ahnung des ersten warmen Regens, welcher den letzten Schnee des Winter mit sich nimmt. Mit geschlossenen Augen roch sich Dalan weiter. In ihren Achselhöhlen glaubte er sich einem Bienenstock nahe, so leicht der Duft nach Honig auch war. Der Atem von Waldboden, auf den nach langer Zeit ein warmer Regen fällt, ließ Dalan schließlich innehalten. Er verlor sich darin, wie in einem wundervollen, magischen Garten, dessen Ausgang er gar nicht finden wollte.
Als er am Morgen erwachte, hörte er die Erdfrau vor dem Haus lachen und rufen: „Komm mit! Laß uns auch den Tag nutzen!“
Wie lange Dalan bei der Erdfrau blieb, wußte er später nicht zu sagen. Kein Tag glich dem anderen und keine Nacht der vorhergehenden. Wenn die Erdfrau ihn mitnahm, ihm ihr Reich zu zeigen, keimten die Knospen, öffneten sich die Blüten, wisperten die Blätter der Bäume ihr freudig entgegen. Sie waren zu Gast bei Zwergen und Gnomen, und in den Häusern der vier Jahreszeiten wurden sie reichlich bewirtet. Als Dalan das Herz der Erde zum ersten Mal schlagen hörte, wurde er überwältigt von diesem ruhigen, beständigen Lied.
„Wer das Herz der Erde vernehmen kann, der weiß, wo alle Wurzeln wurzeln“, erklärte die Erdfrau dem Abenteurer.
Doch die Feuerblume fand Dalan nicht, obwohl er jeden Tag Unbekanntes erfuhr oder Altvertrautes anders zu sehen lernte und vielerlei Blumen und Blüten entdeckte. Und in den Nächten, das sei nicht verschwiegen, gab es auch mancherlei, was ihm bislang nicht so oder gar nicht bekannt gewesen war.
„Daran könnte ich mich gewöhnen“, murmelte der Abenteurer oft, bevor er in einen wohligen Schlaf fiel, das gleichmäßig schlagende Herz der Erdfrau dicht an seinem.
So hätte es weitergehen können, bis ans Ende aller Tage. Doch der gefräßig nagende Zahn der Neugier bohrte sich immer spitzer in Da-

lans Gedanken. Zu gerne hätte er gewußt, wohin die Erdfrau ging und was sie tat, in jenen Nächten, wenn sie ihn verließ, um ihr Reich zu ordnen. Vielleicht, so dachte er, geht sie dann dorthin, wo die Feuerblume blüht und will ihren Zauber nicht mit mir teilen.

So kam es, wie es kommen mußte.

Eines Nachts schlüpfte der Abenteurer der Erdfrau hinterher in die Dunkelheit und stellte ihr nach, wie einem scheuen Wild. Diese schritt sicher durch die Dunkelheit, auf einem Pfad, welchen nur sie sah und kannte. Dalan hatte seine liebe Mühe, ihr zu folgen. Doch er war ein erfahrener Jäger, und so entkam sie ihm nicht. Bei fünf hohen Steinen, die sich in einem gezackten Kreis gegenüberstanden, sank die Erdfrau auf die Knie, das Gesicht zum halben Mond erhoben. Schwarze Wolken schoben sich über den Himmel. Donner grollte von weit unter dem Horizont und brach die dunkle Stille.

Eigentümliche Laute drangen zu Dalan. Behende stieg er auf einen alten Baum und verbarg sich hinter einer dichten Mistel. Inzwischen zischte und geiferte, knurrte und fauchte es bei den Steinen, die nun in unwirklichem Licht zu leuchten begannen.

Als Dalan die Erdfrau darin wieder erkennen konnte, stolperte sein Herz vor blankem Entsetzen. Zu Giftschlangen waren die Blütenkränze in ihren Haaren geworden. Grausige Schattengestalten umtanzten die Erdfrau und sangen ihr ein Lied. Die vier Jahreszeiten schlugen dazu mit Knochen auf Trommeln, deren Häute zum Zerreißen straff gespannt waren.

Dalan zitterte am ganzen Leib bei diesem Takt.

Die Erdfrau schritt nun aus dem Kreis der Steine, hinein in die Fülle des wuchernden Gartens. Wo sie ging, verblühten die Blumen, warfen die Bäume vertrocknete Blätter zu Boden, moderten die Wurzeln der Sträucher, raffte Tollwut die Tiere dahin.

Dalan stürzte zurück in das Haus der Erdfrau, nahm sein Schwert und stob in die Nacht, als sei eine Horde ausgehungerter Kannibalen hinter ihm her.

Er hastete davon und voran, bis er schließlich keuchend niederfiel. So lag er in der dunklen Nacht, als ihn eine Frauenstimme aus seiner Erschöpfung riß.

„Du scheinst müde zu sein vom vielen Gehen, Fremder."

Dalan war zwar noch jung an Jahren, doch er hielt die Augen fest geschlossen, wußte er doch, was ihn wohl erwartete, würde er sie öffnen. Aber auch mit geschlossenen Augen sah er eine vollkommene Frau vor sich stehen, mit strahlend blauen Augen, Haaren, in denen der Wind sein Zuhause hat und einem Lachen, welches den großen Möwen ein ehrfürchtiges Flügelschlagen abverlangt. Bunte Federn waren in ihre Haare geflochten und Sternenstaub schimmerte auf ihrer Haut.

„Ich bin die Luftfrau", sagte die Frau. Sie beugte sich zu Dalan und nahm dessen Schwert. In ihrer Hand schien es leichter als die Daune einer Nordwindente.

„Du warst bei meinen Schwestern, wie ich sehe." Sie legte einen Finger unter die Kerben, welche darin leuchteten. Als sie das Schwert Dalan zurückreichte, glomm in dessen Schneide eine kleine blaue Kerbe, so licht, wie das Flimmern eines sonnentrunkenen Abends im Frühherbst.

„Komm mit mir", sagte die Luftfrau und nahm ihn in ihre Arme. Dann flogen die beiden davon, in die Nacht hinein, zu ihrem Haus. Das hatte seinen Platz zwischen einigen aufgehäuften Wolken und war gebaut aus dem Atem der vier Winde, mit Sternschnuppen als Säulen und dem Geflüster weicher Vogelschwingen im hohen, bunten Dach.

Dalan war atemlos vor Staunen und, wer weiß, vielleicht wäre er sogar erstickt, wenn ihn die Luftfrau nicht geküßt und zu ihrem Lager geführt hätte. Aus Adlerfedern war das Laken, und luftige Daunen luden zu schwerelosem Flug ein.

Dalan wollte nicht erwachen am nächsten Morgen. Hier, zwischen Himmel und Erde, läßt es sich gut sein, dachte er schlaftrunken.

Doch die helle Stimme der Luftfrau riß ihn aus den Träumen, welchen er noch nachhing.
„Laß uns auch den Tag nutzen“, rief sie. „Komm, ich will dir mein Reich zeigen. Vielleicht findest du die Feuerblume.“
Sie nahm Dalan mit zu den Heimstätten der vier Winde, sie waren zu Gast in Adlerhorsten und Falkennestern. Und so manche Nacht flogen sie hinaus in die unendliche Weite des Universums, strandeten an nie gesehenen Planenten, klammerten sich fest an funkenstiebende Sternschnuppenschweife und freuten sich über den funkelnden Kometenstaub, der ihre Körper einhüllte.
Dalan lernte, den Sphärenklang des Himmels zu vernehmen und sich seinem Takt zu beugen.
„Nur wer dem Atem der Winde vertraut, wird auch von ihnen getragen“, erklärte die Luftfrau dem Abenteurer geduldig.
„Daran könnte ich mich gewöhnen“, sagte Dalan oft, wenn sie von solch einer nächtlichen Reise zurückkehrten, in das Haus zwischen den Wolken. Dann schloß er die Augen und spürte sich durch die verborgensten Regionen der Luftfrau. Jeden Tag erfuhr er Neues und auch des Nachts, lernte er vieles, was ihm seither unbekannt gewesen. Die Feuerblume aber fand Dalan nicht im Reich der Luftfrau, und manchmal war ihm die Suche danach auch nicht mehr wichtig.
Die Luftfrau hatte Dalan ebenfalls das Versprechen abverlangt, ihr nicht zu folgen, wenn sie ging, ihr Reich zu ordnen. Und wie schon zuvor, fand Dalan keine Ruhe in diesen Nächten. Immer quälender verlangte die peinigende Frage nach einer Antwort.
So kam es, wie es kommen mußte.
Eines Nachts blieb Dalan nicht zurück, als die Luftfrau das Haus verließ. Er klammerte sich an einige Mondstrahlen, so wie er es gelernt hatte und folgte ihr. Diese brauste durch die Nacht wie ein tobender Kometenschweif, und Dalan hatte große Mühe, ihr nahezubleiben. Dann sah er, wie die Luftfrau in wildem Tanz wirbelte, schneller und schneller. Dämonische Vögel wuchsen aus den Federn in ihren Haa-

ren, und ihr Sternenstaub gebar Wesen, welche so schrecklich waren, daß Dalan bei ihrem Anblick zitterte. Die vier Winde erschienen mit donnernden Heerscharen, preschten aufeinander zu, hieben, stachen und bliesen sich in furchtbarem Kampf gegenseitig nieder.
Zum Glück fand Dalan eine Treppe aus weichem Mondlicht. Er suchte das Weite, bevor er in diesem Getümmel zu Tode kam.
„Nie wieder", nahm sich Dalan vor, „soll mir das geschehen!" In einer windgeschützten Ecke bereitete er sich ein Lager und schlief ein.
„Willkommen, Fremder", riß ihn eine warme Stimme aus einem erschöpften Schlummer voller Alpträume. „Mir scheint, dir ist kalt."
Dalan fuhr hoch.
Eine Frau stand vor ihm. Flammend rotes Haar fiel ihr weit über die Schultern. Ein Feuerstein versprühte Funken zwischen ihren Brüsten, und um ihre Hüfte wand sich ein kunstvoll geflochtenes, dünnes Band, welches aus züngelnden Flammen gewirkt schien.
„Du warst schon bei meinen Schwestern, wie ich sehe", sagte die Frau und sah auf Dalans Schwert. „Ich bin die Feuerfrau, und werde dir helfen, die Feuerblume zu finden."
Sie beugte sich zu ihm herab, reichte ihm die Hände und half ihm auf. Der Abenteurer folgte der Feuerfrau zu ihrem Haus, welches in einem erloschenen Vulkan errichtet war. Aus Lava war es gebaut, und gebündelte Sonnenstrahlen trugen das Dach.
Die Decke des Lagers war gewoben aus Flammenzungen. Als Dalan darauf lag, glaubte er sich getragen von einer flimmernden Hitze. Er fühlte den flüsternden Hauch des Wüstenwindes auf seiner Haut und atmete die wärmende Glut heißbrennender Küsse. In den Armen der Feuerfrau suchte und fand Dalan all die Wärme wieder, die er sich wünschte für sein erschrockenes Herz.
„Du kannst bei mir bleiben, solange du willst", sagte die Feuerfrau zu Dalan am Morgen, „und wenn du wirklich bereit bist, werde ich dir zeigen, wo die Feuerblume blüht."
Das ließ sich Dalan nicht zweimal sagen.

Die Feuerfrau gebot über Vulkane und Blitze, sie konnte in der Sonne baden, ohne Schaden zu nehmen und war vertraut mit den Feuern des Himmels und seinen Gesetzen. Sie nahm Dalan mit, ihm ihr Reich zu zeigen, und er lernte des Tags und bei der Nacht. Er lernte zu brennen, ohne zu verbrennen, er lernte zu glühen, ohne zu verglühen und zu lodern, ohne in Rauch aufzugehen.
„Da, wo die Dunkelheit am undurchdringlichsten scheint“, sagte die Feuerfrau zu Dalan, „brennt oft das heißeste Feuer!“ Der Abenteurer wurde von ihr in die schwärzeste Leere geführt, welche er jemals gesehen und erlebt hatte. Und stets fand sich darin ein kleiner Funke, der zum Feuer wurde, welches hell aufloderte, wenn die beiden darin tanzten, bis sie erschöpft zurück auf das weiche Lager fielen.
In manchen Nächten ging die Feuerfrau, ihr Reich zu ordnen. Immer fragte sie den Abenteurer, ob er sie begleiten wolle. Doch der blieb lieber alleine zurück. An die Feuerblume dachte Dalan nicht mehr. Was sollte er sich auch eine Blüte ansehen, wenn eine Frau sein Feuer entfachte?
„Daran könnte ich mich gewöhnen“, murmelte Dalan oft, bevor er in einen wohligen Schlaf fiel, den wärmenden Körper der Feuerfrau dicht an seinem.
Und so hätte es sein können, bis zum Ende aller Tage.
Doch eines Tages fragte ihn die Feuerfrau: „Bist du nicht in diesen Garten gekommen, eine ganz bestimmte Blume zu finden?“
Als Dalan sich ein wenig verlegen wand, sprach die Feuerfrau weiter: „Wenn du bereit bist, mir zu folgen, wirst du in dieser Nacht die Feuerblume blühen sehen.“
Da erinnerte sich Dalan, weshalb er in den Garten der Elemente gekommen war. Er gürtete sein Schwert und folgte der Feuerfrau in die Dunkelheit. Der Mond schenkte seine Kraft der Rückseite der Welt, und auch die Sterne schienen sich in die große schwarze Leere geflüchtet zu haben. Der Stein zwischen den Brüsten der Frau aber sprühte Funken, und das Flammenband um ihre Hüfte züngelte hell

in der Nacht, so daß Dalan ihr leicht folgen konnte. Tief in den Krater des erloschenen Vulkans wurde er geführt. Dort kauerte sich die Feuerfrau nieder und bedeutete Dalan, es ihr gleichzutun.
Sie begann, ihren Oberkörper zu wiegen. Langsam zunächst, dann wilder, heißer. Die langen roten Haare wirbelten um sie wie Funken über hochbrennenden Feuern. Tief im Innern des Vulkans, begann es dumpf zu grollen. Eine Wand des Kraters brach auf und rotglühende Magma legte einen Schleier aus Hitze über die Wirklichkeit. Die Steine schmolzen, und die Feuerfrau sagte zu Dalan: „Nun geh und sei bereit für die Blüte der Feuerblume."
Dalans Herz schlug, wie noch nie zuvor in seinem Leben. Doch seine Hand war ruhig, als er sich erhob und sein Schwert zog. Die drei Kerben in der Klinge leuchteten auf. Er sah noch einmal das Lächeln der Feuerfrau, dann loderte ihm ein riesiger Drache entgegen. Feuerspuckend, glutgeifernd, mit weit aufgerissenem Maul.
Schon brannten Hemd und Hose Dalans lichterloh. Doch er hatte mit und von der Feuerfrau gelernt und dachte nicht daran zu fliehen. Da sah er, wie eine wilde Perle aus der algengrünen Kerbe an der Klinge wuchs. Und diese Perle blähte sich auf, und aus ihr schritten die Gezeiten, die lachend vor den Drachen traten. Zischend verdampfte das Untier. Unzählige kleine Tropfen kühlten die nackte Haut des Abenteurers, dessen Kleider vom Feueratem verbrannt waren.
Doch da kam Dalan ein zweiter Drache entgegen, größer noch und mächtiger als der erste. Wieder hob er sein Schwert und dachte nicht an Flucht, obwohl ihm der Feueratem dieses Drachens die Haare von Kopf und Körper brannte. Da sah er, wie aus der braunen Kerbe an seinem Schwert ein Samen wuchs, und aus dem schritten die vier Jahreszeiten, bei welchen Dalan zu Gast gewesen war. Sie gingen dem Feuerdrachen entgegen, nahmen ihn in ihre Mitte und woben ihn ein in ihren gleichförmigen Tanz.
Nackt und ohne Haare stand Dalan nun da. Und wieder flog ein Drache auf ihn zu. Schrecklicher, als ein Menschentraum ihn gebären

könnte. Sein Atem war loderndes Sonnenfeuer, das den Abenteurer zu verbrennen drohte, lange bevor er mit seinem Schwert gegen das Untier hätte kämpfen können. Und Dalan wußte, dieser Macht würde er nicht widerstehen können. Da wuchs aus der blauen Kerbe eine bunte Feder. Aus ihr schritten die vier Winde und stellten sich neben ihn.

„Nun aber los“, riefen sie mit sturmtosenden Stimmen. Tief atmete Dalan mit ihnen ein, und dann blies er dem riesigen Feuerdrachen den heißen Atem in den eigenen Rachen zurück.

„Daß soviel heiße Luft in mir war, wer hätte das gedacht.“ Verwundert schüttelte der Abenteurer den Kopf.

Alle zerstörende Glut verging, als dieser Drache die Flucht ergriffen hatte, und vor Dalan wuchs eine Blume, so einzigartig, wie er noch niemals eine gesehen hatte zuvor. Sie keimte in reinem Quellwasser, wurzelte tief in der Erde, ragte den Winden entgegen, und von einem Hauch himmlischer Glut war ihre Blüte geboren worden.

Als diese sich öffnete, verschwanden Raum und Zeit für den Abenteurer. Er sah sich in die Blüte fallen und verbrennen in ihrem verzehrenden Feuer. Doch dann sah er sich tanzen im Kreise von vier Frauen, die sich an den Händen hielten, und die er wohl kannte. Tanzen, wie er noch nie getanzt hatte. Und all die schaurigen Ungeheuer, die Schattengestalten und Drachen, welche einen Kreis um die vier Frauen bildeten, tanzten ausgelassen mit.

„Das wurde aber auch Zeit“, weckte ihn eine wohlvertraute Stimme. „Für meine alten Knochen sind die Wüstennächte zu dieser Jahreszeit kein Spaß mehr.“

Verwirrt wandte sich Dalan um. Oyano saß neben ihm und klopfte seine Pfeife an einem von Sand und Wind rundgeschliffenen Stein aus. Einige Funken sprühten sternengleich in die Nacht.

„Aber ...?“ stotterte Dalan und sah sich verwirrt um.

„Nur du kannst es wissen!“ gab der alte Märchenerzähler Auskunft und deutete mit angezogenen Schultern in die Weite der Wüste.

Der Abenteurer sah nichts, außer einem großen Mond, der sich bereits dem Ende seines Weges durch die Nacht näherte und vor lauter Anstrengung und Freude auf den Morgen, ein wenig rot im Gesicht geworden war.
Dalan sah ihm nach, und seine Augen leuchteten.
„Gehen wir", sagte Oyano und stieg ächzend auf sein Maultier.
Der Mond warf sich gerade in die geöffneten Arme des beginnenden Tages, als der alte Märchenerzähler und der Abenteurer wieder durch die Wüste ritten und sieben Brücken und sieben Flüsse überquerten. Und als Mond und Morgen in ihrer unermeßlichen Lust die Sonne geboren hatten, da waren die beiden zurück in Oyanos Haus und saßen bei heißem Tee und süßem Gebäck unter dem alten Lebensbaum, der dort stand seit Zeiten, welche Zeiten gesehen haben, an die sich niemand erinnert.
Dalan erzählte, bis die Schatten ganz klein waren, und die Sonne hoch im Zenit stand. Der alte Märchenerzähler nahm Dalans Schwert und sah auf die drei Kerben. Prüfend wog er die Klinge in seiner Hand. Dann ließ er sie durch die Luft wirbeln. Verwundert sah ihm der Abenteurer dabei zu. Er wußte wohl, wenn jemand eine gute Klinge gut zu führen vermochte. Doch Oyano führte sie meisterhaft. Die grauen Augen des alten Märchenerzählers glänzten in jugendlichem Übermut. Mit der rechten Hand fuhr er über die Klinge. Dann stieß er das Schwert vor Dalan in die Erde. Die Schneide glänzte wieder makellos.
„Du hast das Sterben gelernt", sagte Oyano zufrieden. „Nun kannst du auch das Leben lernen."
Eine junge Magd ging vorbei, den Wasserkrug auf dem Kopf mit einer Hand leicht stützend.
„Sie hat den Gang einer Königin", murmelte Dalan und sah ihr versonnen hinterher.
„Sie ist eine Königin", stellte Oyano fest. Sein Lächeln ließ die Wurzeln des Lebensbaumes zittern über ihnen. Und tief in der Erde öff-

nete sich ein kleines, zusammengerolltes Blatt, um den Keim zu - legen für eine neue Wurzel, welche ans Licht drängt.
In der Hand aber, die Oyano nun Dalan reichte, leuchtete eine bunte Feder, keimte ein fremdartiges Korn, glänzte geheimnisvoll eine wilde Perle und funkelte verheißungsvoll ein Feuerstein.

Sigrid Früh

RAUHNÄCHTE

Märchen, Brauchtum, Aberglaube

Eine ganz besondere Zeit im Jahr sind die zwölf Tage und Nächte zwischen dem Weihnachtsfest und dem 6. Januar.
Die zwölf heiligen Nächte, in denen die Erde in sich geht und sich auf das neue Jahr vorbereitet, sind voller mystischer und magischer Bedeutungen, die sich in Märchen, Brauchtum und Aberglaube wiederfinden. Diese Zeit des Übergangs ist geprägt vom Kampf des Lichtes gegen die Finsternis, von der Auseinandersetzung zwischen Gut und Böse.

100 Seiten · illustriert
ISBN 3-926789-24-7

Roland Kübler

TRÄUME DER SEHNSUCHT

Märchen von inneren Horizonten

Märchen vom Zauber der Liebe, der sich nur dann entfalten kann, wenn trotz aller Schicksalsschläge die Herzschläge zusammengehören, Märchen vom Vertrauen auf die innere Stimme, wenn die Welt drumherum aufschreit und Märchen von den Reisen an die inneren Strände des eigenen Bewusstseins in aufgewühlten (Ge)Zeiten.

Sonderband
224 Seiten · illustriert
ISBN 3-926789-36-0